Dario Fo/Franca Rame

Nur Kinder, Küche, Kirche

Rotbuch Taschenbuch 6

Dario Fo/Franca Rame
Nur Kinder, Küche, Kirche

Aus dem Italienischen übersetzt
und mit einem Bericht über Franca Rame
von Renate Chotjewitz-Häfner

ROTBUCH *Verlag*

Diese Ausgabe folgt der 1981 erschienenen Ausgabe von »Tutta casa letto chiesa« (Edizioni F. R. La Comune, Milano)

Aufführungsrechte für den deutschsprachigen Raum:
Verlag Autorenagentur, Frankfurt am Main
Umschlaggestaltung: Groothuis+Malsy, Bremen
Druck und Bindung: Wagner GmbH, Nördlingen
ISBN 3-88022-016-6

Inhalt

Vorrede

„Nur Kinder, Küche, Kirche" zeigt, unter welchen Bedingungen Frauen leben; es ist ein Schauspiel über die sexuelle Versklavung der Frau.
Das erste Mal wurde es 1977 in Mailand aufgeführt, in der Palazzina Liberty, um den Kampf der Frauenbewegung zu unterstützen.
Danach ist es durch ganz Italien gereist. Die Aufführungen wurden von Frauenzentren organisiert. Der Reinerlös kam der Frauenbewegung zugute, ging je nach Bedarf etwa an besetzte Fabriken, oder das Dach vom Frauenhaus in Rom wurde davon repariert, neue Beratungsstellen finanziert, undsoweiter.
Wir waren mit dem Stück auch im Ausland, in Schweden, Frankreich, Deutschland. In Frankfurt beispielsweise haben wir „Nur Kinder, Küche, Kirche" aufgeführt, um Geldmittel für die Verteidigung italienischer Gefangener in der Bundesrepublik zu sammeln.

In diesem Schauspiel über Frauen spielt eindeutig der Mann die Hauptrolle; besser gesagt, sein Geschlecht. Obgleich es nicht mit Haut und Haaren sichtbar ist, es weilt immer mitten unter uns, drohend und riesengroß, und erdrückt uns!
Seit Jahren schon machen wir Frauen uns stark für unsere Befreiung, unsere Gleichberechtigung mit den Männern, für unsere gesellschaftliche und sexuelle Gleichberechtigung. Im gesellschaftlichen Bereich sind wir sogar einen Schritt vorangekommen. Aber die „Gleichheit der Geschlechter" ist nicht erreicht. Auf diesem Gebiet werden wir den Männern niemals gleichen, das wäre eine ganz und gar utopische Hoffnung, und zwar nicht nur aus anatomischen Gründen. Ein schöner Trost!

Es gibt auch zu viele Tabus, zu viele Verhaltensregeln

oder Hemmungen, die wir von Geburt an oder noch früher mit uns herumschleppen.
Ich zum Beispiel hab ziemlich wenig Hemmungen. Und doch, hier vor Euch, in der Öffentlichkeit, bin ich verklemmt, ich kann dieses Ding einfach nicht beim Namen nennen, das männliche Glied. Glaubt mir, ich schaff es nicht! Höchstens bei einem Ausruf, oder wenn ich mich selbst beschimpfe, bring ich es raus: „Verdammte Verklemmtheit bei dem Wort Schwanz!" Seht ihr, nur so bring ich das über die Lippen.
Ich glaube aber, mit der Zeit können wir diese Sprachbarriere überwinden. Mit wir meine ich die Frauen meiner Generation, die nächst jüngeren Generationen haben das bereits bewältigt, und zwar sehr gut, finde ich. Auch wenn ihre Art sich auszudrücken manchmal nur eine Reaktion ist auf den weit verbreiteten Konformismus von Eltern oder Gesellschaft. Sie oder wir halten das für emanzipiert, für autonom, avantgardistisch, und merken nicht, daß wir uns wieder einmal der Kultur des Sch..., der Kultur des männlichen Geschlechts unterworfen haben! Bedenkt bitte immer, daß solche Redensarten, die wir heute täglich benutzen, nur ein Akt männlicher Überheblichkeit und Selbstbeweihräucherung sind.*

* Anm. d. Ü.: Die folgende Textpassage ist nicht übersetzbar: Im Gegensatz zum Italienischen bevorzugt der ‚obszöne Wortschatz der Deutschen' Anal- und Fäkalinjurien (Beispiel: ‚Leck mich am Arsch; alles Scheiße'). Obgleich beide Sprachen – die italienische wie die deutsche – von Männern geprägt und sexistisch, also frauendiskriminierend sind, unterscheidet sich die deutsche Umgangssprache von denen europäischer Nachbarvölker durch ihren vielfach höheren Anteil an abwertenden Bezeichnungen für alles Weibliche, und besonders für das weibliche Geschlechtsorgan; im Gegensatz hierzu scheint sich der Penis nicht für Injurien zu eignen. Zu Punkt 1 sagt Ernest Bornemann (in: „Sex im Volksmund", Rowohlt Verlag 1974): „Das sexuelle Denken des deutschen Volkes (ist) in höherem Maße anal orientiert (...) als das irgendeines unserer Nachbarvölker. Jedenfalls herrscht in der sprachlichen Sensitivität der (...) deutschen Volksschichten (...) nicht nur ein ausgesprochener Pansexualismus, der alle Objekte, Personen und Vorgänge des Alltagslebens sexualisiert, sondern auch eine Art Analfetischismus, der solche Dinge, Personen und Vorgänge weitgehend analisiert."
Als Übersetzer von Fo/Rame sind P.O. Chotjewitz und ich seit Jahren auf der Suche nach entsprechenden Schimpfworten verzweifelt. Trotzdem möchte ich den Leser/innen die ausgelassene Passage, die Bornemanns und unsere Thesen bestätigt, nicht vorenthalten. Es heißt dort: „Tatsächlich rief man früher einmal angesichts einer bösen Überraschung, wenn uns etwas verwunderte oder aufregte aus: ‚Oh mein Gott!' Aber heute ruft man bei der gleichen Bescherung: ‚Oh Schwanz!'

Die Männer haben, im Gegensatz zu uns, ihrem Organ seit der Antike immer schwülstige, feierliche, bombastische, erhabene Bezeichnungen gegeben: DAS PRÄPUTIUM! DIE GLANS! DER PHALLUS! Herrliche Bezeichnungen, die ganz wunderbar in eine Tragödie von Euripides passen würden. Ich habe es mal ausprobiert:

„Wie stolz tritt er her, fürchterlich anzuschaun,
dem PRÄPUTIUM, dem Giganten vergleichbar!
Wie das SKROTUM im Wappen leuchtet! Nicht der
Sterblichen PHALLUSgeschlecht gleicht er."

Schön, nicht wahr?

Der Mann hat sein Glied als Abbild und Ebenbild seiner selbst errichtet! Er, also sein Dingsbums, ist der wahre Herrscher. Die absolute Macht! Wenn ihr scharf nachdenkt, dann werdet ihr merken, daß die Welt sich nicht um das Kapital dreht... sondern um den GROSSEN PHALLUS! Der ist ein echter Tiger, kein Papiertiger! Trotz seiner bescheidenen Maße... Sieh da, ihr seid beleidigt? Das hab ich geahnt. Nebenbei gesagt, es ist nicht die Größe, die euer Geschlecht ausmacht, wie man euch irrtümlicherweise beigebracht hat. „Ich bin ein begabter Mann, meiner ist bemerkenswert lang." Bravo! Prädikatsexamen! Nein, ich sagte ja schon, auf die Maße kommt es nicht an, sondern auf seine inneren Werte, auf vorbildliches Verhalten, auf seine Art zu denken. Was gibt's da zu lachen? Jawoll meine Herren, es kommt auf die Denkungsart an. Denn er hat ein Gehirn, mit dem er denkt.*

(Im Original: ‚Oh, cazzo!', aber im Deutschen: ‚Oh Scheiße!') Er an Gottes Stelle, das ist unerhört ekelhaft. Und niemand hat's gemerkt! Vor ewigen Zeiten versuchte Luzifer, Gottvater vom Thron zu stürzen, er schaffte es nicht. Aber der Mann hat es geschafft! Und hat uns im Himmel sein bestest Stuck, sein Dingsbums hingepflanzt. Niemals werdet ihr erleben, daß jemand in der Aufregung ein weibliches Organ anruft... naja, eventuell auf der Straße, im Frühling... oder noch ärger, wenn alles schief geht: ‚Hab ich heute 'ne Möse!' Aber nein, wenn es einmal ganz und gar unumgänglich ist, unser Geschlecht in der Öffentlichkeit zu erwähnen, also bei Prozessen gegen Vergewaltiger, dann greift man zum Latein, zu einer toten Sprache: ‚Cunno, cunna, cunnis', unregelmäßig, dritte Deklination."

* Anm. d. Ü.: Der folgende Absatz ist die freie Adaption eines nicht übersetzbaren Wortspiels, das im Original lautet: „Wenn wir einen Dummkopf als ‚Testa di... cacchio' (im Italienischen etwa ‚Schwanzkopf', deutsche Bedeutung etwa ‚Idiot, Arschloch') bezeichnen, dann ist das falsch. Wir verweigern ihm grundlos die Ehrerbietung. Testa di CAZZO,

Dieser auf den ersten Anschein harmlose Körperteil, dieses Glied, begründet seine Vormachtstellung, denn schließlich verfügt nicht jeder Mensch darüber. Nur jeder zweite! So kann man ganz einfach die Menschheit in zwei Kategorien einteilen, in Besitzlose und Besitzende. Jeden Besitzer erfüllt dieses Organ mit Stolz und Selbstbewußtsein: Der hat aber ein schönes Organ! Das Organ berechtigt zur Herrschaft. Früher durften sich ja nur Militär, Justiz, kurz die Büttel „Organe des Staates" nennen, heute ist das ausgeartet, bereits ein kleiner Dorfbürgermeister verkörpert ein wichtiges Organ. Sogar wir Frauen dürfen heute – wenn auch sehr selten – in den wichtigen Organen sitzen. In den Organen der Rechtsprechung beispielsweise! Eine echte soziale Errungenschaft!

Anfangs sagte ich, für uns Frauen sei die Gleichheit der Geschlechter unerreichbar; erwähnte die Frauenbefreiung und sprach von der Schwierigkeit, auf diesem Gebiet dem Mann gleich zu werden... und dabei bleibt es! Schon wegen seiner außergewöhnlichen, geradezu magischen Gabe... wegen des Privilegs, das der männliche Tiger hat, nämlich daß er ein Glied besitzt... ein lebendiges Schwänzchen! Ihr wißt ja, es gibt ein berühmtes Buch, das sich mit diesem Thema beschäftigt: „Der weibliche Eunuch"... ja gewiß, weil wir uns ohne Phallus kastriert fühlen, das ist unser Komplex. Wir sind Affen, denen der Schwanz fehlt! Und wir schwanzlosen Frauen werden niemals den Kopf erheben können! Da hilft nichts! Er hingegen, mit seinem ungezogenen Schwanz, ist ein lebendes Wunder. Das Wunder der Erektion! Denkt nur, dieses Wunder kann unter den unterschiedlichsten atmosphärischen Bedingungen stattfinden: bei feuchtem, veränderlichem oder heiterem Wetter... bei Wind, unter Wasser... das ist schon schwieriger, oder

so hießen in der Antike nur Könige und Prinzen... höchstens ein Prälat. Kurz, die Herrscher! Später ist das ausgeartet, als man begann, auch Politiker mit diesem vornehmen Ausdruck zu titulieren. Nach und nach hat das Volk dann, mit dem ihm eigenen Hang, alles in den Schmutz zu ziehen, diesen Ehrentitel zu einem Schimpfwort verkommen lassen. Eine revolutionäre Umkehrung... ein Sieg der Elenden über die Reichen. Heute dürfen wir alle ‚Teste di cazzo' sein, sogar Arbeiter oder Straßenkehrer... wir Frauen auch! Eine echte soziale Errungenschaft."

im Himmel, in einer Boeing fliegend, frei zum Abschuß durch eine organförmige US-Rakete!

Entschuldigt die Abschweifung. Wo war ich? Ach so, bei Euripides: „...nicht der Sterblichen PHALLUSgeschlecht gleicht er!" Aufregend, nicht wahr?
Versucht einmal statt dessen, ein klassisches Gedicht zu verfassen, und in die Verse Ausdrücke für anatomische Teile des weiblichen Geschlechts einzuschmuggeln:

„Da näherte sich die reizende Briseide
und mit ihr, geliebt von Pelide
die rasende KLITORIS..."

„Klitoris" klingt entsetzlich, geschmacklos... genauso VULVA, VAGINA, OVARIUM. Gar nicht spaßig. Wer hat uns bloß diese Namen untergeschoben?! Puuh. Bei der Vorstellung, in einem Gedicht könnte VULVA vorkommen, krieg ich eine Gänsehaut. Die könnte höchstens in irgendeine Stelle von Dantes Inferno passen:

„Da kam und legte Haupt und Rumpf an Land
das schauderhafte Ebenbild der Lüge
doch zog's die VULVA nicht hoch an den Strand,
sein Antlitz trug ganz richtige Menschenzüge,
und seine Haut war außen glatt und fein
doch Schlange war das übrige Gefüge..."

Oder:

„Und wie ihr Maul heraus die Frösche recken
am Rande eines Wassers, aus der Flut
doch Rumpf und Füße unterm Wasser stecken
so überall die VULVEN in der Glut..."

Oder Vagina... da kann man höchstens drauf ausrutschen. „Ich hab mir das Bein gebrochen, bin auf einer Vagina ausgerutscht!"
Am ehesten noch bei Horrorstories.

„Fledermäuse flogen durch die Dämmerung
in den Teichen blubberten VAGINAS
es war die Stunde, da sie ihre OVARIEN ablegten
ein schrecklicher UTERUS stieg aus dem Dunkel empor
alle SPERMATOZOEN starben vor Schreck!"

Nein, in der Dichtkunst sind wir fehl am Platz!

Nach der Vorstellung des männlichen Hauptdarstellers kommen wir nun zu den weiblichen Rollen.
Es sind vier* Frauen, jede hat ihre Eigenart, jede ist anders.

„Eine Frau allein“, unser erstes Stück zeigt eine Hausfrau, die klassische, unselbständige Hausfrau. Sie lebt nur für ihre Familie, geht völlig darin auf, nur das Wichtigste fehlt ihr: Daß sie von den Männern in ihrem Haushalt als Person behandelt, als Individuum respektiert wird, und nicht nur benutzt wird, als Sexualobjekt und als Haushälterin ohne Gehalt.
Unsere einsame Hausfrau ist eine einfache, naive Person, und zurechtgemacht wie fürs Fernsehen mit ihrem anspruchsvollen, durchsichtigen Morgenrock. Sie erzählt einer neuen Mieterin im Wohnhaus gegenüber die Geschichte ihres Lebens. Sie kann es kaum glauben, daß sie endlich einmal jemanden hat, mit dem sie sprechen kann, daß es eine Person gibt, der sie sich anvertrauen kann, wenn auch auf der anderen Straßenseite. Sie erzählt sehr witzig und komisch über sich. Ihr werdet bei diesem Stück viel und laut lachen, und werdet einen bitteren Nachgeschmack spüren.
Diese Person ist keine Erfindung, es gibt sie tatsächlich, aber nicht nur in Italien. Das Stück ist nämlich überall, auch in England, USA oder Israel mit großem Erfolg aufgeführt worden. In diesem Text sind nahezu sämtliche Allgemeinplätze über unsere mißbrauchte Sexualität zusammengefaßt, über den „mangelnden Respekt“ der Männer uns gegenüber, unsere Traurigkeit, unsere Verzweiflung. Wußtet ihr, daß in Italien die Frauen den meisten Alkohol konsumieren? Diese Gemeinplätze haben wir bewußt hineingenommen, denn sie gehören keineswegs einer längst vergangenen, mittelalterlichen Gesellschaft an, sondern bestimmen unseren Alltag. Sicher hat jede von uns sich schon etliche Male in einer schwierigen Situation befunden, und wir können von Glück sagen, wenn solch eine Situation bloß unangenehm, aber nicht dramatisch war, also keine Prügel, keine Vergewaltigung. Ich zum Beispiel war einmal nachmittags

* Anm. d. Ü.: Je nachdem, wie viele Texte aufgeführt werden.

im Kino, mit Dario und meinem Sohn Jakob; das Kino war leer, also wir drei in einer Reihe, und zehn Reihen hinter uns noch mal zwei Leute. Kurz, wir saßen praktisch allein auf weiter Flur. Auf einmal betritt ein Mann den Saal, erspäht im Dunkeln meinen – weiblichen – Kopf und setzt sich neben mich. Und ich, ganz in den Film vertieft, ein schöner Film, eine schöne Aussicht: „Der Untergang des römischen Reiches", ich merke nicht gleich, daß dieser Herr mit mir „füßelt". Und er, ermutigt, weil ich keine Reaktion zeige, fängt an, meine Wade zu streicheln, dann das Knie. An diesem Punkt habe ich das Gefühl, wenn ich ihn jetzt nicht aufhalte, wird er mich noch schwängern, und sage: „Entschuldigen sie vielmals, ist das etwa Ihr Bein?" Da lacht ihr. Seine Antwort war gut: „Nein!"
Das ist die Kreativität der Massen!

Der zweite Text ist die **„Mamma Hexe"**. Zu diesem Stück will ich nichts weiter sagen, nur allen anwesenden Frauen einen guten Rat geben: Es lohnt sich, über den Lebenslauf oder besser den Lebenswandel dieser „Punker"-Mutter nachzudenken.

Als drittes Stück **„Das Erwachen"**.
Hier geht es um eine Frau, und zwar um eine Arbeiterin, die zweifach ausgebeutet wird: zu Hause als „Mädchen für alles" und an ihrem Arbeitsplatz in der Fabrik.
Eine Person, die unbedingt dazugehört, und in unserer Galerie nicht fehlen darf, denn sie spielt in unserer Gesellschaft eine „tragende" Rolle, im wahrsten Sinne des Wortes, und deshalb gehört sie dazu.

„Wir haben alle die gleiche Geschichte" stellt die sexuelle Beziehung zwischen einem Mann und einer Frau vor, also auf der Bühne dar. Aber die Schauspielerinnen sollten das, um Himmelswillen, maßvoll spielen! Bei einigen Aufführungen, die ich im Ausland gesehen habe, wurde das Stück so glühend und leidenschaftlich gespielt, daß die in unserem Schauspiel enthaltene Botschaft über die Würde der Frau davongeschwemmt wurde. Es geht, wie gesagt, um eine sexuelle Beziehung, in der die

Frau dem Manne, naja, untergeordnet ist, das soll ja manchmal vorkommen. Bei der Premiere in der Palazzina Liberty 1977 begriff ich erst nicht, wieso die Lacher, die mich bei dieser Szene aus dem Zuschauerraum erreichten, nur von Frauen kamen. Die Frauen lachten sehr schön, die Männer jedoch überhaupt nicht! Ja, man hörte sogar ab und zu, wie eine Frau zu ihrem Genossen, Verlobten oder Ehemann sagte: „Erkennst du dich wieder, du Trottel?"
Regelrechte Lachstürme brachen aus! Seit ich auf dieses Verhalten hinweise, hat sich das geändert: Die Frauen lachen wie gehabt, aber auch die Männer lachen. Achtet einmal darauf, ihr Frauen im Parkett, dann werdet ihr merken, das Gelächter der Männer hat nichts Menschliches an sich.
Sie lachen an der falschen Stelle ... maßlos übertrieben ... und dann kommt der hinreißende Satz: „Ich lache, weil ich anders bin als der da. Ich bin Feminist!" Denn für mich ist ein feministischer Mann ein Unding.
Wir Frauen wollen nämlich – ich spreche für mich, glaube jedoch, daß dieser Gedanke von allen geteilt wird – wir Frauen wollen zu Hause, auf der Straße und am Arbeitsplatz respektiert und nicht mit väterlicher Autorität behandelt werden, was häufig vorkommt.
In diesem Text ist ein Märchen enthalten, ein richtiges Märchen. Es geht formal auf die alten Märchen in Sizilien zurück und enthält deren klassische Bestandteile: den Wolf und die Hexe, und Personen mit einer bestimmten Bedeutung. Da gibt es ein artiges, hübsches, blondes Mädchen mit blauen Augen und eine Puppe, die schimpft und flucht. Diese Figuren sind wir selbst: Mädchen. Das süße Kind verkörpert den folgsamen Teil in uns, der leidet und alles aushält; die schimpfende Puppe hingegen verkörpert unsere Auflehnung. Der „böse rote Kater" ist „der Genosse". Der Wolf verkörpert all jene männlichen Personen, die uns von Kindesbeinen an unterdrücken, den Vater, den Bruder, den Bürovorsteher undsofort. Dann werden wir größer, die beiden Teile vermischen sich und wir werden eine Einheit, es gibt einen Reifungsprozeß, unser Bewußtsein erwacht.

„Zwiegespräch für eine Stimme".
Auf der Bühne sind zwei Personen, ein Liebespaar, ein Mann und eine Frau, aber nur die Frau spricht, denn der Mann ist wegen der Situation zum Schweigen gezwungen: Weil er sich in ihrem Haus aufhält, in der Kammer nebenan sind ihre Eltern, und es ist gefährlich, bei der Umarmung erwischt zu werden.
Ein Thema, das in der volkstümlichen Überlieferung häufig auftaucht. Es ist als Zwiegespräch oder Streitgespräch in Liedform mit diversen Inhalten und Varianten von Venedig bis Sizilien verbreitet. Aber Meister in diesem Genre sind die Bewohner der Toscana. Deshalb wird in diesem Zwiegespräch die typische Umgangssprache benutzt, die auf den Hügeln und Bergen der Toscana gesprochen wird, eine Mundartsprache.

Das letzte Stück, die „**Medea**" nach Euripides, stelle ich erst kurz vor dem Spiel vor.

Wir haben für das Schauspiel die Form der Groteske, der Komik gewählt, und zwar ganz bewußt. Vor allem deshalb, weil wir Frauen nun schon zweitausend Jahre weinend umherlaufen, diesmal jedoch lachen wir, und vielleicht lachen wir sogar noch hinterher. Außerdem weil ein sehr erfahrener Theatermann namens Molière gesagt hat: „Wenn du ins Theater gehst und dir eine Tragödie anschaust, fühlst du dich hinein, nimmst Anteil, und weinst dir die Augen aus, gehst nach Hause und sagst: Wie hab ich heut abend schön geweint! Und schläfst erleichtert ein. Die politischen Argumente sind an dir abgeglitten, wie Regen an der Fensterscheibe. Während man, um lachen zu können – immer noch laut Molière – intelligent, scharf, offen sein muß. Es öffnet sich nicht nur der Mund beim Lachen, sondern auch das Gehirn, und ins Gehirn können die Nägel der Vernunft eintreten!"

Wir hoffen, daß heute abend einige Leute mit Nägeln im Kopf nach Hause gehen!
Ich fange an.

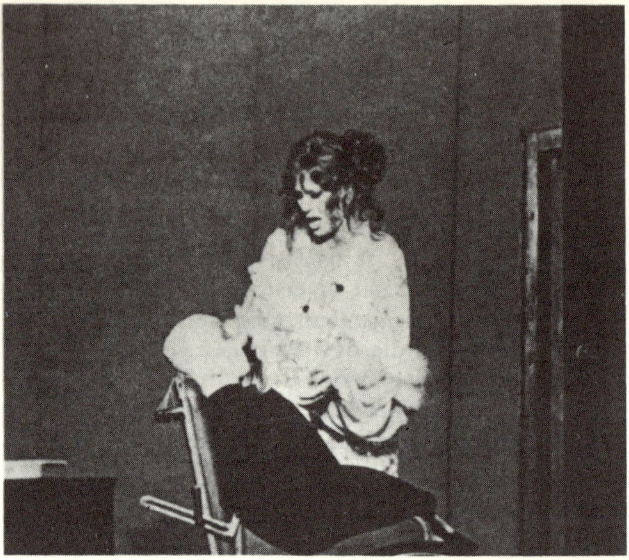

1. Szene
Eine Frau allein

Am rechten und linken Bühnenrand befindet sich je eine Tür. Die Tür rechts ist die Wohnungstür, die linke führt ins Schlafzimmer. Die dritte Tür, im Hintergrund, ist die Küchentür. Im Vordergrund der Bühne steht ein langer Tisch, auf dem sich ein Telefon, ein Radio, ein Bügeleisen, eine Schüssel und eine Bürste befinden. Vor dem Tisch steht ein Hocker. Außerdem ist noch ein beliebiges Möbelstück da, auf dem ein Gefäß steht mit Verbandzeug, Alkohol, Salbe. An der Wand hängt ein Jagdgewehr. Ein Stuhl.
Die Szene spielt in einem Allerweltswohnzimmer. Eine Frau betritt die Bühne. Sie trägt einen Korb voll Bügelwäsche. Sie ist mit einem ziemlich freibusigen Hausgewand bekleidet. Das Radio läuft mit voller Lautstärke. Die Frau tritt ans Fenster und ist angenehm überrascht, jemanden zu sehen.

Sie ruft laut, um auf sich aufmerksam zu machen. Hallo... Sie da drüben... Guten Tag! Wann sind Sie denn eingezogen... direkt gegenüber... ich hab gar nichts von einem Umzug gesehen... nein, ich dachte nämlich, Ihre Wohnung steht leer. Das freut mich aber. *Schreiend:* Ich sagte, das freut mich... Sie verstehen mich nicht? Genau... das Radio... Moment mal, ich stell es gleich aus. *Sie stellt es leiser.* Tut mir leid, aber wissen Sie, wenn ich allein zuhause bin, und das Radio nicht ordentlich dröhnt, dann kriege ich Lust, mich aufzuhängen.
In diesem Zimmer *sie geht zur linken Tür* läuft immer ein Plattenspieler... *Sie öffnet die Tür, man hört Musik.* Hören Sie? *Sie schließt die Tür.* Und in der Küche der Kassettenrecorder. *Sie öffnet die Küchentür.* Hören Sie? *Sie schließt die Tür.* So hab ich in jedem Zimmer ein bißchen Gesellschaft. *Sie geht zum Tisch und beginnt zu arbeiten. Bürstet eine Herrenjacke, näht Knöpfe an etc.* Ob ich im Schlafzimmer? Das wär ja noch schöner.

Oh nein, da steht der Fernseher... er läuft und läuft! Jaja, auf voller Lautstärke! Zur Zeit wird eine Messe übertragen, eine gesungene Messe, auf polnisch. Komische Sprache ist das... eine Papstsprache! Ich versteh kein Wort. Es muß doch nicht unbedingt Tanzmusik sein, Hauptsache, es ist Musik... jedes Geräusch leistet mir Gesellschaft. Was machen Sie, wenn Sie Gesellschaft brauchen? Ach, Sie haben einen Sohn? Sie Glückliche! Wie dumm von mir. Ich hab ja auch ein Kind... sogar zweie. Entschuldigung, vor lauter Aufregung, daß ich mit Ihnen spreche, hab ich das eine vergessen. Aber die leisten mir keine Gesellschaft. Die Große, weil sie schon groß ist, sie hat ihre Freunde und Freundinnen... Doch, der Kleine ist immer bei mir, aber der leistet mir keine Gesellschaft, weil er schläft. Andauernd schläft er! Macht sein AA, ißt was und schnarcht... der schnarcht wie ein Alter. Wieso beklage ich mich? Aber nein, es geht mir gut zuhause, mir fehlt nichts. Mein Mann hat mich gut versorgt. Ich hab alles, was ich brauche! Mein Gott, was ich alles habe... erstmal einen Eisschrank! Richtig, den hat inzwischen jeder, *Sie spielt sich auf* aber meiner kann runde Eiswürfel machen! Dann eine Waschmaschine mit vierundzwanzig Programmen. Sie wäscht und trocknet gleichzeitig. Sie macht die Wäsche derartig trocken, knochentrocken, daß ich sie manchmal zum Bügeln einsprengen muß. Und Dampfdrucktöpfe habe ich... einen Rührfixmixer, und dazu Musik in allen Zimmern, was will ich mehr? Schließlich bin ich bloß eine Frau! Ja, ich hatte mal eine Putzfrau, stundenweise, sie ist mir weggelaufen... ihre Nachfolgerin ebenfalls. Bei mir zuhause laufen alle Frauen weg... Wie bitte? Nein, nicht wegen mir... *Verlegen:* Wegen meinem Schwager. Weil er sie immer betatscht hat. Alle hat er sie angefaßt... grapsch. Genau hierhin, sehen Sie? Er ist krank. Das ist abartig? Ich weiß nicht, ob er abartig ist. Ich weiß nur, daß er von den Mädchen bestimmte Sachen verlangt hat, und die haben sich dagegen gewehrt. Was würden Sie denn machen, meine Liebe, wenn Sie mit Ihrer Arbeit beschäftigt sind, und schwupp, schleicht sich von unten eine Hand an... und was für eine! Zum Glück hat mein Schwager nur noch die eine. Was denken

Sie?! Nein, bei einem Unfall. *Während dieser Szene sitzt sie wie vor dem Fenster, näht und spricht mit der Frau gegenüber.* Autounfall, und das mit dreißig Jahren, so ein junger Mensch. Er hat sich sämtliche Knochen gebrochen! Ist von Kopf bis Fuß eingegipst. Sie haben ihn sitzend eingegipst, das ist bequemer für ihn. Nur ein kleines Loch gelassen, damit er Luft kriegt und essen kann. Aber von Sprechen kann nicht die Rede sein, er nuschelt vor sich hin, man versteht kein Wort. Seine Augen sind heil geblieben, deshalb sind die auch nicht vergipst worden... die gucken raus, und dann haben sie noch seine Betatschhand draußen gelassen, die war auch ganz geblieben, und außerdem... *Sie pausiert verlegen.* Wie soll ich's sagen, wir kennen uns doch kaum. Sie dürfen nicht schlecht von mir denken... HIER ist er gesund geblieben. Zu gesund sogar, meine Liebe! Übertrieben gesund, und deshalb will er andauernd... Sie verstehen, was ich meine? Ja, er versucht sich abzulenken, liest viel... informiert sich. Liest Pornoheftchen. Sein Zimmer ist voll mit diesen ekelhaften Illustrierten, wissen Sie, mit lauter nackten Frauen in gewissen Stellungen! In ganz unbequemen Stellungen! Ich vermute, diese armen Mädchen müssen nach dem Fotografieren eingegipst werden, wie mein Schwager. All diese Fleischstükke, detailliert, vergrößert, in Farbe... wie aus der Metzgerzeitschrift! Wenn mir zufällig so ein Heft in die Finger fällt, um die Mittagszeit, dann krieg ich kein Kotelett in die Pfanne, weil es mir hochkommt... Kurz, seit ich keine Hilfe mehr habe, pflege ich meinen Schwager selber. Wissen Sie, schon meinem Mann zuliebe, er ist schließlich sein Bruder. Wo denken Sie hin? *Gekränkt:* Ob er mich respektiert?! Das wär ja noch schöner. Mich fragt er immer, jedesmal fragt er, bevor er die Hand ausstreckt. *Das Telefon läutet.* Das wird mein Mann sein. Er ruft immer um diese Zeit an. Momentchen... *Am Telefon:* Hallo?... Wie bitte? Ja... das ist doch... Halt's Maul, du Arschloch! *Sie legt heftig auf, ist wütend. Sie lächelt ihrem Gegenüber entschuldigend zu.* Entschuldigen Sie, das ist mir so rausgerutscht. Aber es mußte sein. *Sie arbeitet nervös weiter.* Ach was, mein Mann doch nicht... das fehlte mir noch! Was weiß ich wer. Irgend so ein Telefonschweinigel! Der ruft mich ab und zu... tausendmal am Tag ruft er mich an und erzählt mir Sauereien. Ich kann Ihnen sagen... Ausdrücke kennt der... die stehen nicht mal im Großen Brockhaus. Ich hab nachgeschaut! Sie finden das krankhaft? Hören Sie, ein Kranker im Haus reicht mir. Bin ich etwa als Krankenschwester für sämtliche Schweinigel hierzulande zuständig? *Das Telefon läutet.* Da ist er wieder! Der wird sich wundern. *Sie nimmt ab.* Tag, altes Ferkel! Damit du's weißt, mein Apparat wird von der Polizei abgehört, und falls Sie es wagen... *Sie wechselt den Tonfall.* Tschau... *Sie hält die Muschel mit der Hand zu und sagt zu der Frau gegenüber:* Mein Mann! *Ins Telefon:* Nein mein Schatz, du doch nicht, ich dachte, das sei... weißt du, da ruft immer so ein Herr an... er will dich sprechen und flucht andauernd... scheint auf dich wütend zu sein. Ja, ich wollte ihm mit der Polizei einen Schreck einjagen. *Sie wechselt den Tonfall. Immer erstaunter:* Ja, ich bin zuhause... Aldo, ich schwöre, daß ich zuhause bin! Entschuldige mal, welche Nummer hast du gewählt?... Wo soll ich denn sein, wenn ich dir antworte? Nein, ich war nicht fort... Wie sollte ich denn fortgehen, du hast mich doch in der Wohnung eingeschlossen. *Zu der Frau gegenüber:* Ich kann Ihnen flüstern, meine Liebe, mein Mann hat was an sich... *Am Telefon:* Hallo... Wieso, ich spreche mit niemandem... Stimmt, ich habe „meine Liebe" gesagt... weißt du, manchmal nenn ich mich in Gedanken selbst „meine Liebe"... Nein, es ist kein Mensch in der Wohnung. Doch, dein Bruder ist da, aber nicht hier, er ist drüben und schaut seine Filme an... ja, das Kind schläft... ja, ich hab es gefüttert, ja, auch auf den Topf gesetzt. *Sauer:* Natürlich, deinen Bruder ebenfalls. *Sie versucht, sich zu beherrschen.* Wer schreit hier. Ich sagte, du kannst ganz beruhigt sein, hier haben alle ihr Pipi gemacht! Ja, tschüs, nein, ich bin nicht schlecht gelaunt. Glaub mir, Aldo, ich bin guter Laune, sehr guter Laune. *Immer nervöser:* Ich hab gerade gebügelt und dabei in mich reingelacht. *Schreiend:* Gelacht hab ich! *Sie legt den Hörer auf, und schreit das Telefon wütend an. Dann blickt sie ihr Gegenüber ernst und gefaßt an, lächelt der Frau zu. Sie hat ihre Nerven wieder unter Kontrolle.* Sehn

Sie? Es ging nicht anders, ich mußte lügen! Oh nein, kein Wort von dem Telefonschweinigel... wenn ich das meinem Mann erzähle, macht er mir die Hölle heiß! Ich weiß, es ist nicht meine Schuld, aber mein Mann ist überzeugt, die rufen nur an, weil ich sie ermuntere... daß die sich daran aufgeilen, je mehr ich mich quäle. Und zuguterletzt sperrt er mir noch das Telefon... Nicht genug, daß er mich eingesperrt hat, wie eine Gefangene. Morgens geht er weg und schließt mich ein. Die Einkäufe? Die erledigt er. *Sie fängt wieder an zu bügeln.* Falls etwas passiert? Er ruft mich ja laufend an. Was soll schon passieren bei mir... wir sind eine friedliche Familie. *Sie hört plötzlich auf zu bügeln und blickt nach oben. Sie versucht, ihre Brüste zu bedecken: Die linke mit einem Lätzchen, die rechte mit dem Bügeleisen. Sie ruft:* Ich seh dich genau! *Zur Frau gegenüber:* Einen Augenblick, bitte. *Zum Spanner:* Versteck dich nur! Ich seh dein Fernglas in der Sonne blitzen! *Sie verbrennt sich oberhalb der Brust und setzt das Eisen ab. Zur Nachbarin:* Mein Gott, ich hab mir die Brust gebügelt! Da oben, Sie können ihn nicht sehen... im Fenster über Ihnen. Der Spanner hat mir gerade noch gefehlt! So ist das, ich Ärmste kann nicht mal in meinen vier Wänden offen umherlaufen und bügeln. Wenn's nach dem geht, muß ich im Mantel bügeln! *Sie schreit dem Spanner zu:* Hab ich recht? Und die Pudelmütze übers Gesicht ziehen, Skier anschnallen... Zum Schluß brech ich mir noch die Knochen, weil ich nicht Skifahren kann, wie mein Schwager... *Zur Nachbarin:* Die Polizei? Nein. Wissen Sie, was passiert, wenn ich die rufe? Die kommen, setzen ein hübsches Protokoll auf, und wollen wissen, ob ich nackig oder bekleidet in meiner Wohnung rumlaufe. Ob ich den Spanner mit erotischen Tänzen provoziert habe... und zum Schluß hängen sie mir, und nur mir, noch eine Anzeige an, wegen Erregung öffentlichen Ärgernisses in Privaträumen, aber vor Publikum! Nein, lieber helf ich mir selbst. *Sie nimmt ein großes Jagdgewehr von der Wand und zielt nach oben. Sie schreit zum Spanner:* Ich bring dich um! *Enttäuscht:* Weg ist er. *Zum Fenster des Spanners:* Kaum sieht er ein Gewehr, da haut er ab. Feigling! Pupillenverrenker! *Sie lehnt das Gewehr an den Tisch. Zur Nachbarin:* Da lacht sie! Ob ich übergeschnappt bin? *Sie fängt wieder an zu bügeln.* Lieber bin ich verrückt, als daß ich mich unterkriegen lasse, wie damals... als ich alle zwei Monate ein Röhrchen Veronal geschluckt habe. Sämtliche runden Tabletten, die ich im Bad finden konnte, hab ich eingenommen... sogar das Wurmmittel von den Kindern... aus lauter Verzweiflung. Oder soll ich mir die Pulsadern aufschneiden, wie vor drei Monaten? Doch, das hab ich gemacht, man sieht noch die Narben, sehn Sie's? *Sie zeigt ihr die Handgelenke.* Nein, tut mir leid, das ist so eine persönliche, intime Geschichte, die kann ich Ihnen nicht erzählen. Ich bring es nicht über mich... wir haben uns gerade erst kennengelernt... *Sie wechselt den Tonfall.* Soll ich's erzählen? Oder nicht? Ich hatte ja schon immer ein besonders vertrautes Verhältnis mit Ihrem Wohnblock. Ach, es würde mir guttun... mag sein, es erleichtert mich. Eine traurige Geschichte! Nun gut... also, der Grund war ein Junge... er war fünfzehn Jahre jünger als ich. Und sah zu allem Überfluß viel jünger aus, als er ist. Ein ganz schüchterner Junge... unbeholfen... lieb und zart... mit ihm zu schlafen, wäre mir vorgekommen wie... wie ein Inzest! Ein Inzest!! Ich hab's gemacht! Was heißt, was ich gemacht hab? Ich hab einen Inzest begangen. Geschlafen hab ich mit ihm, und wissen Sie, was das Schlimmste war? Ich hab mich kein bißchen geschämt, im Gegenteil. Ich war glücklich! Ich sang von morgens bis abends... das heißt abends nicht, da weinte ich. „Wie verdorben du bist“, dachte ich. *Eine Tröte ertönt.* Moment mal, das ist mein Schwager, er ruft mich, bin gleich wieder da. *Sie schaut in die linke Tür.* Was gibt's, Lieber? Sei doch mal still... ich spreche gerade mit einer Dame... *Das Telefon klingelt. Sie schließt die Tür und läuft zum Telefon.* Hallo... Was gibt's, Aldo... *Zur Nachbarin:* Schon wieder mein Mann. Jaja, ich höre... Wenn wer kommt? Der mit dem Geld. *Bei sich:* Wer mag das schon wieder sein? Ach so, der Mensch, der dauernd anruft... Also, was soll ich machen. Wo du mich eingeschlossen hast. Schließlich kann ich ihn nicht durch's Schlüsselloch reinlassen... Aha. Ich soll so tun, als ob ich nicht zuhause wäre... Radio abstellen, Plattenspieler, Fernseher. Ganz wie du willst, zu Befehl, Chef! Für dich tu ich alles! Weißt du was? Ich werde ins Bad gehen, mich ins Klosettbecken stürzen und an der Kette ziehen!... Reg dich ruhig auf, das kümmert mich einen Scheißdreck! *Sie legt auf, ist wütend.* Er sagt, wenn er heimkommt, dann kann ich was erleben. Dann gibt's Hiebe... Ob mein Mann... ob er mich schlägt? Und wie! *Sie beginnt wieder zu arbeiten.* Er sagt, er macht das, weil er mich lieb hat, weil er mich anbetet. Weil ich ein kleines Mädchen geblieben bin, das beschützt werden muß... Er macht mich fix und fertig, bloß um mich zu beschützen! Sperrt mich in die Wohnung ein, wie ein dummes Huhn, ohrfeigt mich erst, und anschließend will er mit mir ins Bett! Aus Liebe. Ganz egal, ob ich will, ob ich es mag oder nicht. Allzeit bereit muß ich sein, allzeit bereit! Wie Nescafé. Gebadet, parfümiert, enthaart, warm, gelöst, willig, aber still! Hauptsache, sie atmet! Ab und zu ein kleiner Aufschrei, damit er denkt, ich mag es. Dabei mag ich kein bißchen mit meinem Mann. Ich spüre rein gar nichts... komme nie zum... *Sie sucht verlegen nach dem richtigen Ausdruck. Die Nachbarin sagt ihr vor.* Ach richtig... Das ist ein Wort! Gefällt mir nicht. Orgasmus! Kommt mir vor wie ein ekliges Tier... so eine Art kurzbeiniger Affe. Kreuzung zwischen einem Schimpansen und Orang Utan. Ich sehe die Schlagzeile vor mir: „Ausgewachsener Orgasmus aus amerikanischem Zirkus entlaufen!" „Rasender Orgasmus überfällt Nonne im Zoo." Wenn ich höre, „sie hat den Orgasmus erreicht" – dann muß ich an einen armen Irren denken, der nach einem Dauerlauf auf die fahrende Straßenbahn aufspringt. *Sie lacht.* Wie interessant. Ihnen geht es genauso? OOR - GAS - MUS!! Was ein Wort! Konnte man keinen passenderen Ausdruck dafür erfinden? Zum Beispiel „Sessel". Wenn jemand sagen würde: „Ich hab den Sessel erreicht", dann wüßte erstens niemand, was er Scheußliches getan hat, und zweitens daß er sich ausruht! *Sie lacht amüsiert.* Wo war ich stehengeblieben? Entschuldigung, durch die Sache mit dem Orgasmus hab ich den Faden verloren. Ach ja, bei meinem Mann. Daß ich bei ihm nichts empfinde. Ich will Ihnen vormachen, wie wir miteinander schlafen... *Anderer Tonfall.* Aber bitte nicht weitererzählen. Folgendermaßen. *Sie setzt sich in Hab-acht-Stellung hin, wie ein Soldat.* Und wenn er fertig ist, sage ich: „Rührt Euch!" Nein, ganz leise, nur innerlich, sonst krieg ich eine gewischt. Ich spreche immer nur innerlich. „Rührt Euch!" Warum ich nichts fühle, weiß ich nicht. Vielleicht, weil ich dabei so verkrampft bin. Ich fühle mich wie... *Sie findet das richtige Wort nicht. Die Nachbarin sagt ihr vor. Anderer Tonfall:* Genau! Warum habe ich bloß so viele Jahre gewartet, bevor Sie mir gegenüber eingezogen sind. Ich suche schon eine Ewigkeit nach dem Wort. Dabei ist es so einfach. „Benutzt"! Ja, ich fühl mich benutzt, wie ein Elektrorasierer, oder ein Haarföhn... Mag sein, daß ich zuwenig sexuelle Erfahrung habe. Bloß zwei Erfahrungen hab ich, und eine davon zählt nicht, die mit meinem Ehemann, und einmal, als ich noch klein war. Ich war zehn Jahre, der Junge zwölf. Er war nicht ganz richtig im Kopf. Ist später hoffentlich klüger geworden... Wir wußten nichts über diese Dinge, wir wußten bloß, daß die Babies aus dem Bauch rauskommen. Nein, ich habe nichts gespürt, absolut nichts. Es tat nur weh, hier *Sie zeigt auf ihren Nabel* ja, hier am Bauchnabel. Weil wir geglaubt hatten, das sei die Stelle, wo die Liebe sitzt... er hat sein Dingsbums reingedrückt, und wie! Danach war mein Nabel tagelang entzündet. Meine Mutter dachte, ich hätte die Windpokken. Die Ärmste. Ach was, meinem Mann hab ich dieses Erlebnis verschwiegen... er hätte mir das bestimmt zehn Jahre später bei einem Streit vorgehalten: „Du sei ruhig! Und was war damals mit dem Bauchnabel, Du Hure!" Nein, ich habe geschwiegen. Ich habe es dem Pfarrer gebeichtet. Er meinte, ich soll es nie wieder versuchen. Dann bin ich größer geworden. Ohne sexuelle Erfahrungen, weil mir das mit dem Nabel nicht gefallen hatte. Ich wurde älter, verlobte mich, meine Freundinnen haben mir alles erklärt... Was war ich aufgeregt am Hochzeitstag! Ich sang aus voller Kehle. Nein, nicht laut, nur innerlich... ich mache alles nur innerlich. In der Kirche sang ich für mich: „Die erste Liebe, oooh, die erste Liebe kommt..." *Sie wechselt den Tonfall:* Und statt dessen kam mein Mann. Glauben Sie mir, ich war beim erstenmal fix und fertig. Wie, war das alles, fragte ich mich... nicht nur beim ersten, auch beim hundertstenmal! Informieren sollte ich mich? Bei wem denn? Schließlich hab ich angefangen, diese Frauenillustrierten zu lesen. Dabei habe ich eine Entdeckung gemacht. *Sie macht sich wichtig.* Ich habe entdeckt, daß wir Frauen erogene Zonen haben, das sind Punkte hoher Sensibilität, wenn ein Mann sie anfaßt... *Enttäuscht:* Das wußten Sie schon? Na, Sie kennen sich aus! Wie viele Punkte wir haben! In dieser Zeitschrift war eine nackte Frau gezeichnet, die in Viertel zerlegt war... So ähnlich wie auf diesen Schaubildern, die beim Fleischer an der Wand hängen, mit einer Kuh drauf, die in verschiedene Teile eingeteilt ist, wie die Landkarte von Italien. Jeder erogene Punkt war eingezeichnet, ganz grell, je nachdem ob er stark oder schwach sensibel ist. Zum Beispiel war die Lendengegend feuerrot. Dann dieses Stück hier, hinterm Hals, was der Metzger „Kammstück" nennt, violett, und das Filetstück am Rücken orange. Dann das Bauchstück... Hah, so ein Bauchstück hat es in sich. Non plus ultra. Ein Schlemmerbraten... beinah so delikat wie das Lendenstück. Wenn einer damit umzugehen weiß, soll man vor erotischen Schauern fast vergehen! Ähnlich, wie wenn du dir das Bruststück anfassen läßt, oder das rosige Roastbeaf, ganz zu schweigen vom Schneidermuskel, der an der Innenseite des Schenkels sitzt, beziehungsweise der Keule. Bei meinem Mann gab's weder Kammstück, noch Bauchstück, noch Keule, nichts von alledem. Ich hab nichts gespürt. Aber ich hatte mich getröstet... wahrscheinlich geht es allen Frauen wie dir, dachte ich. Bis ich den Jungen kennenlernte. Das kam so: Meine Große war größer geworden, dadurch hatte ich weniger Arbeit, also sagte ich zu meinem Mann: Hör zu, ich bin es leid, ewig Hausfrau zu sein. Ich möchte etwas Geistiges machen, eine Sprache lernen. Vielleicht Englisch, falls wir mal nach England fahren, da wird wie verrückt Englisch gesprochen. Er sagt: Bravo! Und schleppt mir einen jungen Studenten ins Haus, um die sechsundzwanzig, der fließend Englisch spricht. Nach ein paar Wochen merke ich, daß der Junge mit seinem Englisch unheimlich in mich verschossen war! Woran ich das merkte? Naja... wenn ich ihn zufällig berührte, ihm bei einem Verb die Hand gab, begann er zu zittern... und fing an, auf Englisch zu stottern, daß man nichts mehr kapierte! Diese Seelenregungen waren mir fremd, ich war nur das Getatsche von meinem Schwager gewöhnt, die Sauereien von dem Telefonisten, die Benutzung durch meinen Mann. Kurz, ich hatte so ein Gefühl, daß ich mir sagte: „Du wirst dich noch versündigen!" Und machte Schluß mit Englisch. Für den Jungen war es schlimm. Jeden Morgen, wenn ich runterging, einkaufen, stand er unten vor der Haustür und wartete. Ich sagte *Halblaut:* verschwinde, ich bin keine Frau für dich... ich könnte beinah deine Mutter sein! Such dir ein Mädchen in deinem Alter... *Sie schreit:* Verschwinde! *Sie wechselt den Tonfall.* Der erschrak vielleicht! Dann eines Tages, das vergesse ich nie, ich gehe wie immer runter zum Einkaufen... steht niemand an der Haustür. Das war ein Schreck! Macht nichts, sagte ich mir. Er hat sich getröstet. Ich geh auf den Platz unten, da fällt mir etwas auf... Auf allen Hauswänden stand in riesigen Buchstaben, mit roter Farbe geschrieben: „Ich liebe dich, Maria!" Maria, das bin ich. Da stand sogar „I love you!". In Englisch, damit es niemand versteht. Ich bin nach Hause geflüchtet. „Du mußt das vergessen, und Schluß", sagte ich mir. Um nicht mehr daran zu denken, hab ich angefangen zu trinken. Fernet Branca! Bitter! Wie bitter der ist. Warum wird so etwas Bitteres hergestellt? Ich goß ihn runter wie Medizin... Da stand ich, mit all meiner Bitterkeit, mit Musik im Radio, Telefonklingeln, dem Schwager, der andauernd hupt... *Eine Tröte ertönt.* Da ist er schon. *Sie geht zur linken Tür.* Ist was? Sei brav, ich kann jetzt nicht, ich unterhalte mich mit einer Freundin.

Die Tröte hupt wütend und so laut, daß man die Frau kaum versteht. Feigling! *Zur Frau gegenüber.* Wenn Sie wüßten, wie der mich mit seiner Tröte beschimpft! Eines schönen Tages schmeiße ich ihn die Treppe runter, mitsamt seinem Rollstuhl... alle vier Stockwerke. *Wütendes Hupen. Auch die Frau ist wütend.* Immer muß er das letzte Wort haben! Wo war ich stehengeblieben? Ach ja. Ich war in der Wohnung, etwas angetrunken...

nein, nicht zum Umfallen voll. Angeheitert! Da klingelt es. Wer stand da? Die Mutter von dem Jungen. Wie peinlich! Und sagt: „Sein Sie nicht böse, aber ich bin verzweifelt. Mein Sohn stirbt vor Liebeskummer, er ißt nicht, er schläft nicht, er trinkt nicht – retten Sie ihn! Sie müssen ihn besuchen!“ Was blieb mir übrig? Ich bin doch auch eine Mutter! Ich geh also hin, komme in sein Zimmer, da lag er im Bett, weiß wie ein Laken, ganz dünn und traurig. Wie er mich sieht, fängt er an zu weinen, ich fang auch an, seine Mamma weint ebenfalls. Dann geht sie raus. Wir sind allein. *Sie ist sehr verlegen.* Er umarmt mich... ich umarme ihn. Er küßt mich... ich ... küsse ihn. Dann sag ich: „Halt!“ Er bekam einen Schreck! „Ich muß dir was gestehen. Ich schäme mich nicht, es zu sagen, auch ich mag dich sehr, ich liebe... *Ihre Stimme wird immer lauter:* ich liebe, ich liebe dich, schrie ich. Der Fernet! Ich liiiebe Dich!“ *Anderer Tonfall:* Später hab ich erfahren, daß sämtliche Hausbewohner aus den Fenstern hingen: „Wer liebt hier wen? Im vierten Stock? Nein, nicht bei uns.“ Zum Glück kannten sie mich nicht... *Wieder schreit sie.* „Ich liebe dich, aber ich kann nicht, ich hab zwei Kinder, einen Mann und einen Schwager!“ Da sprang er aus dem Bett, ganz nackt – er hatte nichts an! Ergreift ein Messer, setzt es sich an die Kehle und sagt: „Wenn du nicht mit mir schläfst, bring ich mich um.“ *Verlegen:* Ich bin doch keine Mörderin! *Sie wechselt den Tonfall. Sehr zärtlich:* Glauben Sie mir, es war wunderschön, die Küsse, Zärtlichkeiten... gesegnet sei das Messer! Damals hab ich die Liebe entdeckt... nicht das, was mein Mann Liebe nennt... ich unten, er oben. Flopp Flopp Flopp, wie ein Frosch, der das Pflaster feststampft. Nein, ganz was anderes... Tags drauf besuchte ich ihn wieder, und alle nächsten und übernächsten Tage. Was denken Sie? Er war schließlich krank. Immer wenn ich nach Hause zurückkam, war ich erledigt. Wieso? Weil ich in meinem Alter entdeckt habe, die Liebe, die gibt es nicht nur im Kino, die gibt es wirklich... Mein Mann hatte sich in den Kopf gesetzt, daß ich trinke, weil ich immer so verdrehte Augen machte. Der Schlaumeier! Und schloß den Fernet ein! Dann schöpfte er Verdacht und ließ mir nachspionieren. Eines schönen Tages, ich war mal wieder bei dem Jungen, in seinem Zimmer, wir standen da, beide nackt, begrüßten uns gerade. „Wie geht's? Gut, und dir?" Da wird die Tür aufgerissen, und herein kommt mein Mann ... im Anzug! Ich war sprachlos und sagte: „Ach, du bist's!" Ja, meine Liebe, sowas erlebt man nicht alle Tage. Mein Mann im Mantel, und ich, mit einem Fremden zusammen, nackend. Hätt ich das nie gesagt! „Jaaa, ich bin's!" Er fing wie verrückt an herumzubrüllen ... Wollte den Jungen erwürgen, und mich gleich mit ... Aber mein Mann hat nur zwei Hände, und so sehr er würgte, es klappte nicht. Obgleich ich nachhalf. Ich preßte meinen Hals fest gegen den Hals von dem Jungen, preßte die Lippen zu, um nicht mehr zu atmen ... doch da begann meine Nase von selbst zu atmen, sie ist unabhängig. Derweil war die Mutter von dem Jungen erschienen, seine Schwester, seine Großmutter ... und ich stand da, splitterfasernackt. Ich rannte ins Badezimmer, schloß mich ein, nahm eine Rasierklinge zur Hand und Zack Zack ... hab ich mir die Pulsadern aufgeschnitten. Alle meine Venen! Da, noch eine Vene! Zack! Ein Blutbad hab ich angerichtet! Wie viele Venen der Mensch hat ... ich schnitt sie der Länge nach auf ... um schneller zu sterben. Mein Mann jedoch wollte mich eigenhändig umbringen. Er warf sich gegen die Tür, bis sie krachte, und als er mich mit all meinem roten Blut erblickte, sagt er: Ich bring dich nicht mehr um ... ich bring dich ins Krankenhaus. Dann wickelte er mich fein säuberlich in eine Decke – damit das Auto nicht schmutzig wurde – und brachte mich weg. Aber seit dem Tag hält er mich zu Hause eingesperrt. Ganz richtig, das ist Freiheitsberaubung ... natürlich ist das per Gesetz verboten. Polizei? Sie sind ja direkt fixiert auf die Polizei. Arbeitet dort ein Verwandter von Ihnen? Nein, wenn ich die rufen würde ... Als erstes käme die Geschichte mit dem Jungen ans Licht, dann kommt es zur einverständlichen Trennung. Bestimmt nimmt mein Mann mir die Kinder weg, und als Trostpflaster krieg ich den Schwager mit der Tatschhand.* Nie-

* Bei Vorstellungen, wo das Abendprogramm mit der vollständigen Szene 1 zu lang wäre – vor allem im Ausland, wenn sie mit Simultanübersetzung spielt – läßt Franca Rame die Szene an diesem Punkt enden. Sie fügt noch hinzu: „Nein, das darf nicht geschehen ... niemals. Wir

mals! Ich... *Das Telefon klingelt. Sie nimmt ab.* Hallo *mit leiser, gefühlvoller Stimme:* Liebling, was ist? *Sie schreit zur Nachbarin:* Es ist der Junge! *Wieder intimer Tonfall:* Bitte... du sollst doch nicht anrufen. Nein, geht nicht, ich kann nicht aus der Wohnung... Du kommst und schließt auf? Und womit?... Ich flehe dich an... Hallo... *Zur Nachbarin:* Hat aufgelegt. Er ist durchgedreht... sagt, er will kommen und aufschließen, mit dem Dietrich! Richtig, er wird die Tür nicht aufkriegen, aber wie stehe ich da, falls ein Mieter vorbeikommt, und sieht einen Fremden mit dem Dietrich in meinem Schlüsselloch rumfummeln! *Es klopft an der Tür.* Ohje, da ist er schon. *Sie geht zur Wohnungstür.* Verschwinde, mein Mann kommt jeden Augenblick zurück... *Anderer Tonfall:* Wer ist dort?... Das Geld? Welches Geld? *Zur Frau gegenüber:* Was ein Schaden. Es ist der mit dem Geld, der Gläubiger. *Zur Tür hin:* Es ist niemand zuhause. Doch, ich, aber ich bin das Zimmermädchen... Ja, ich sprach von meinem Mann, mein Mann ist der Koch... Nein, die Herrschaften sind weg... machen eine Kreuzfahrt... mit dem Wagen. Hören Sie, ich habe Befehl, nicht zu öffnen, nicht zu sprechen, weder Radio noch Plattenspieler zu benutzen... Auch wenn ich wollte, ich könnte nicht aufmachen, weil ich keinen Schlüssel habe... *Beiseite:* Wie dumm von mir. *Zum Gläubiger:* Ich bin ohne Schlüssel, weil sie mich einschließen... die Gnädige ist überzeugt, ich stehle. Und deshalb... Nein danke, ich kann nicht verhungern, ich hab einen eisernen Vorrat. Die Polizei? Sie wollen die Polizei rufen? *Zu sich:* Vielleicht ist er mit der Dame gegenüber verwandt... *Zum Gläubiger:* Mein Herr, warten Sie... *Sie kommt ans Fenster.* Er ist weg. Will die Polizei rufen. Ich hoffe, das ist nur ein Bluff, um mir Angst zu machen. *Es klopft wieder an der Tür.* Es klopft schon wieder. Wer mag das sein? Raten Sie... der Gläubiger, die Polizei, der verrückte Junge? Ich bin für niemand zu sprechen. *Lautes Klopfen.* Wetten, das ist die Polizei? *Man hört lautes Rufen: Maria, Maria!* Mein Mann! *Sie geht zur Tür.* Aldo, was klopfst du? Ja, die Klingel geht nicht,

sind eine glückliche Familie... ich... ich bin doch so glücklich..." (Anm.d.Ü.)

aber du hast doch den Schlüssel! Mach auf! Du hast ihn verloren? Oh nein! Was wird nun aus mir. Ich werde verhungern, lebendig begraben, ich, und das Kind und die Tatschhand... was für ein Tod. *Zu ihrem Mann:* Übrigens war dein Freund hier... ja, der mit dem Geld. Er ist weg, die Polizei rufen. Nein, ich hab nichts gesagt, ich bin doch nicht blöd. Er hat mit dem Zimmermädchen gesprochen. Wir haben kein Mädchen? Aber sicher hast du ein Zimmermädchen, und eine Krankenschwester, einen Babysitter, eine Frau zum Putzen, eine die alles macht, alles wäscht, sich antatschen und piesacken läßt! Nein, ich bin weder hysterisch noch verrückt. Ich freue mich nur auf die Polizei, dann hat alles ein Ende... Ja, das Beste ist, du verschwindest und läßt dich nie wieder blicken! *Sie ist wütend und sucht verzweifelt nach einem Schimpfwort.* Du Pfaffe! *Sie begreift, was sie gesagt hat, kehrt niedergeschlagen zum Tisch zurück und sagt zu ihrem Gegenüber.* Ist doch nicht zu fassen. Wo ich so viele Schimpfwörter kenne. Ich hab versagt. Du Pfaffe! Aber ich hab's ihm gegeben! *Ein klägliches Wimmern ist zu hören.* Das Kind! *Erschrocken:* Da haben Sie's, mein Kind weint. Wie schrecklich. Es ist noch nie aufgewacht. *Sie läuft durch die linke Tür aus der Szene.* Erlaube mal, was suchst du in meinem Zimmer? Aha, du hast den Kleinen aufgeweckt, du gemeines Biest, damit ich herkomme. Was erlaubst du dir... Halt, Hände weg! Laß mich los! *Wimmern.* Sei brav, Bubi, sei brav... *Das Telefon klingelt.* Du Unglücksmensch. Hast mir meinen schönen Morgenrock zerrissen. Ich komm ja schon... warte, wenn dein Bruder kommt, kannst du was erleben. *Sie erscheint mit zerfetztem Morgenrock.* Und wenn er nicht kommt? *Sie nimmt den Hörer ab.* Hallo... Jetzt ist aber Schluß! Ich sage Ihnen, wenn Sie nicht aufhören, mir Schweinereien zu erzählen, dann drehe ich eines Tages durch und leg Ihnen eine Bombe ins Telefon... daß Ihr Gebiß explodiert! Sie Schweinigel, Sie sollten sich schämen, eine Mutter zu beleidigen. Stellen Sie sich vor, irgendjemand würde Ihrer alten, weißhaarigen Mutter, die am Herd sitzt und strickt, solche Sauereien erzählen... Hah, da schweigt das Ekel! Endlich hab ich das Wort gefunden, das jeden besseren

Italiener zu Tränen rührt: Mamma! *Pause. Sie legt auf.* Er ist Waise! *Sie beschimpft das Telefon.* Fiesling! Ekel! Drecksau! *Zur Frau gegenüber:* Da sehen Sie, was mein Schwager angerichtet hat. Sogar das Kind hat er aufgeweckt... *Sie ruft:* Hallo, wo stecken Sie... *Das Kind weint wieder. Enttäuscht:* Sie ist weg... *Blickt nach oben.* Dafür ist der Operngucker wieder da! *Sie ruft laut zur linken Tür hin:* Sei lieb, Bubi... *Sie ergreift das Gewehr.* Gleich zeigt dir die Mamma, wie sie den Spanner kaltmacht. *Es klopft. Zum Spanner:* Warte, ich bin gleich zurück. *Sie geht zur Tür.* Wer da? Um Himmelswillen, verschwinde... jeden Augenblick muß mein Mann kommen... die Polizei... der Gläubiger! *Man hört es im Türschloß rumoren.* Laß mein Schloß mit deinem Dietrich in Ruhe... du wirst es sowieso nicht aufkriegen... *Man hört das Türschloß schnappen.* Mein Gott, es hat funktioniert! Nein, du bleibst mir schön draußen. Ich leg die Kette vor... *Sie macht es.* Hilfe! *Sie läuft zum Tisch.* Hallo, Nachbarin... wo waren Sie... der verrückte Junge hat das Schloß aufgekriegt! Nein, er kommt nicht rein, ich hab die Kette vorgelegt... Was? Ja, werd ich ihm sagen... *Sie geht zur Tür und bleibt plötzlich stehen. Sie sieht, daß der Junge seine Hand durch den Türspalt gesteckt hat* Zieh sofort deine Hand aus meiner Wohnung! *Die Hand winkt ihr, sie soll näherkommen* Was ist? Du willst mir die Hand drücken? Begreif doch, mein Mann ist auf dem Sprung... *Er besteht darauf.* Wie aufdringlich du bist! Meinetwegen, aber beeil dich... *Sie gibt ihm die Hand. Der Junge zieht sie in seine Richtung.* Laß das! Ich passe eh nicht durch die Ritze... *Das Kind schreit.* Laß los, hörst du? Das Kind weint, ich muß es füttern. Verschwinde endlich! *Sie befreit sich und geht zur Küchentür.* Verschwinde, und schließ die Tür zu, mit deinem Dietrich, und gib ihn unten beim Portier ab, für meinen Mann... *Zum Kind:* Bubi, sei lieb, dein Breichen kommt gleich. *In der Küchentür sieht sie, daß die Hand noch im Türspalt steckt. Sie ergreift einen großen Plastikkochlöffel.* Ich warne dich! Meine Geduld ist am Ende... *Drohend:* Verschwinde, oder ich werd dir mit diesem Kochlöffel die Finger abhacken! Du glaubst mir nicht? *Sie nähert sich dem*

Jungen und schlägt heftig zu. Der schreit auf. Sie sieht den Kochlöffel entgeistert an und läuft zum Fenster. Stellen Sie sich vor, ich hab ihn mit dem Kochlöffel geschnitten! Was? Ich soll ihn patentieren lassen? Desinfizieren?! Ach richtig, ich werd ihn desinfizieren... ja, hab ich im Haus, mein Mann denkt an alles... *Sie holt den Alkohol und läuft zum Jungen.* Halt still... ist für Kinder und brennt kein bißchen. Oh, wie ich dich verletzt hab, Lieber, verzeih mir! Und nun scher dich fort. Noch ein Küßchen? *Sie küßt ihm die Hand.* Auf den Mund? Kommt nicht in Frage! Tut mir leid, aber die Kette bleibt zu. Vielleicht paßt mein Kopf durch, aber ich werd mir die Ohren einklemmen! Wie aufdringlich du bist... *Sie steckt ihren Kopf in den Türspalt.* Laß mich los, laß mich... ohje mein Kopf... mein Kopf ist eingeklemmt! Drück fest, drück... Nicht mit dem Mund, du Idiot! Mit der Hand! *Sie zieht mühsam ihren Kopf aus dem Türspalt.* Aua, das tut weh. Mein ganzes Gesicht ist verschrammt. *Sie entfernt sich. Der Junge trommelt auf die Tür.* Schluß jetzt! *Der Junge erstarrt.* Ich brauch im Moment keine Musik im Haus! *Er versucht seinen Arm aus dem Türspalt zu ziehen, was mißlingt.* Verschwinde! Es geht nicht? Was ein Pech! *Sie läuft zum Fenster.* Helfen Sie mir doch! Er hat sich die Hand eingeklemmt. Wird dieser Arm nie aus meiner Wohnung verschwinden? Mein Mann hängt mich auf! Was? Richtig, ich versuche es mal mit Seifenlauge... *Zum Fenster des Spanners:* Hau ab! *Zur Frau gegenüber:* Die Lauge muß schön heiß sein, stimmt's? *Zum Spanner, außer sich:* Du Lesbier!! *Sie läuft geschäftig durch's Zimmer.* Ein Blick für den Glotzer, heißes Wasser für den Jungen, den Brei fürs Kind. *Der Schwager hupt.* Ein Tatsch für den Schwager... *Das Telefon klingelt.* Hah, das Telefonschwein! *Sie geht zum Telefon.* Hallo Fiesling! *Sie meint, es sei ihr Mann und ändert den Tonfall* Tschau... Wie? Wer sind Sie? Verzeihung, ich dachte, es sei mein Mann. Nein, ist nicht da, kann ich was ausrichten? Soso... *Sie lacht.* Gratuliere! Herzlichen Glückwunsch, und viele Stammhalter!... Ich glaube, Sie sind falsch verbunden. Doch, hier wohnt auch ein Mann, mein eigener, aber mein Mann schwängert nur mich! Was?! Ihre Tochter ebenfalls? Hat er mir nicht erzählt... So ein Schwein! Und wie alt ist Ihre Tochter? Sechzehn, nein, sie wird demnächst sechzehn, um so besser... Ich muß doch sehr bitten! Es ist Ihre Aufgabe, dafür zu sorgen, daß Ihre sechzehnjährige Tochter nicht ausgeht und sich von Ehemännern von anderen Frauen schwängern läßt!... Schließen Sie sie zuhause ein! Wenn mein Mann das mit mir macht, in meinem Alter, dann können Sie... Lümmel! *Sie legt auf. Zur Frau gegenüber.* Hure hat er zu mir gesagt! Mein Mann hat seine Tochter geschwängert, und er sagt Hure zu mir! *Der Junge versucht, die Frau durch Klopfen auf sich aufmerksam zu machen.* Laß mich in Ruhe! Ein Unglück ist passiert... mein Mann ist schwanger... *Sie geht in die Küche und erscheint sofort wieder, in einer Hand eine Schüssel, in der anderen den Brei.* Ich komme, ich komme schon! Puh, ist der Brei heiß... *Sie geht ins Schlafzimmer.* Da bin ich, da bin ich schon, Bubi... Mach die Hand weg, du Ekel... nicht zerren... Achtung! Der Brei ist kochendheiß! *Man hört den Schwager schreien.* Verdammt! *Wieder auf der Bühne.* Da hab ich was angerichtet, meine Liebe! Ich hab ihm den kochenden Brei auf die Augen gekippt... Nein, nicht meinem Kind, dem Schwager natürlich... was mach ich bloß? *Sie geht ins Zimmer und holt den Schwager. Eine bandagierte Puppe, die in einem Rollstuhl sitzt. Zur Nachbarin:* Brandsalbe? Ganz richtig, jaja, hab ich vorrätig, mein Mann denkt an alles... *Zu dem Jungen, der wieder klopft.* Laß mich in Ruhe! Ich hab meinen Schwager verbrüht! *Sie holt Salbe, und läuft zum Rollstuhl.* Hier bin ich. Es brennt? Ja, hab ich dich nicht vor dem Brei gewarnt? Mach die Hand weg... *Der Schwager zieht sie an sich, und hält sie fest.* Laß mich! Laß mich los... *Sie versucht vergeblich, sich zu befreien. Wütend:* oder ich verbrenn dich mit kochendem Wasser! *Der Schwager läßt los. Diese Szene wird gemimt, denn der Schwager ist eine Puppe.* Ah, endlich begreifst du! *Sie läuft mit der Schüssel zu dem Jungen.* Los, tauch die Hand in die Schüssel... Keine Angst, ist nicht heiß. Ich wollte nur meinen Schwager erschrecken... *Der Junge taucht seine Hand in die Schüssel. Er schreit auf, und zieht den Arm zurück.* War doch heiß? Aber gewirkt hat

hat es, was? Und nun verschwinde! Du hast dich verbrannt? Na gut, schmier dir was von der Salbe drauf... *Sie reicht ihm die Salbe durch den Türspalt. Man begreift, daß der Junge ihre Hand nimmt, und sie so gut wie möglich zu sich zieht, damit sie ihn masturbiert. Die Frau versucht vergeblich, sich zu befreien.* Bist du wahnsinnig... laß mich... was machst du? Laß mich gehen. Paß auf, wenn jemand kommt, dann schleppt man uns beide auf die Wache, mitsamt der Tür! Laß das... du beleidigst mich, du hast keine Achtung vor mir. Ich warne dich!! Du glaubst, ich wage es nicht? Da! *Sie scheint den Jungen an sich zu ziehen, und knallt dann heftig die Tür zu. Er schreit auf und läuft weg. Sie ist verzweifelt, löst die Türkette und sperrt die Tür weit auf. Dann kehrt sie traurig zurück zum Tisch. Sie spricht wieder mit der Nachbarin.* Ich hab ihn bestrafen müssen... denn er hat mich enttäuscht. Für mich war er die große Liebe... dabei ist er genauso ein Ferkel wie alle anderen... *Sie ist verzweifelt.* Ich kann nicht mehr... *Das Kind weint.* Ich kann nicht mehr... mein Kind... ich will zu meinem Kind gehn... das ist mein einziger Trost... *Sie will zu dem Zimmer, wird jedoch durch Telefonklingeln aufgehalten. Der Schwager hupt.* Halt den Mund, du Trottel! Sei still! *Das Kind weint, das Telefon klingelt, der Schwager hupt, unisono. Sie verliert die Beherrschung.* Nein! *Sie ergreift das Gewehr, und setzt es sich an die Kehle.* Ich bring mich um, ich bring mich um... *Einige Sekunden Stille. Die Nachbarin sagt etwas. Die Frau schaut sie an.* Ja... ja... *Sie kämpft mit den Tränen.* Ja! *Sie legt das Gewehr beiseite.* Mein Gott, ich war drauf und dran... Danke! Wie gut, daß ich Sie habe... daß Sie im Haus gegenüber eingezogen sind. Ja, wird gemacht... das ist ein guter Rat. *Der Schwager hupt aufdringlich.* Ich komme mein Lieber, da bin ich schon, stehe zu Diensten! Komm... *Glückliches Gehupe.* Komm... *Sie schiebt den Rollstuhl zur Wohnungstür.* Wir zwei gehen auf eine erotische Reise... *Sie schiebt den Rollstuhl aus der Szene. Man hört einen Aufprall, dann eine Folge von Prallern und Gehupe.* Achtung, die Glastür! *Lautes Scheibengeklirr.* Nummer eins! *Das Kind weint. Sie will zu seinem Zimmer, bleibt*

aber in der Mitte der Bühne stehen. Sie schaut zum Spanner, lächelt ihm schmachtend zu. Sie nähert sich langsam, mit erotischen Bewegungen dem Tisch. Sie wirft ihm Küßchen zu. Plötzlich ergreift sie das Gewehr und schießt. Der glotzt nicht mehr! *Sie will zu ihrem Kind, da klingelt das Telefon. Sie antwortet mit furchterregender Stimme:* Hallo!! *Freundlich:* Aldo? *Beinahe zärtlich:* Ja, ich hab mich beruhigt... jaja, hier ist alles friedlich... Ja, du kannst raufkommen... ich erwarte dich. *Sie legt auf. Zur Frau gegenüber:* Wirklich, meine Liebe. Kein Grund zur Aufregung... *Sie ergreift das Gewehr.* Ich hab mich beruhigt... bin gefaßt... *Sie lehnt am Tisch, das Gewehr auf die Wohnungstür gerichtet.* Ich warte... ich warte ganz ruhig.
Licht aus – Musik.

2. Szene
Mamma Hexe

Der Innenraum erinnert an eine Kirche. In der Mitte der Bühne, beinah auf der Vorbühne, ein Beichtstuhl. Eine Frau kommt herein. Ihre Aufmachung erinnert an eine Zigeunerin. Sie hat eine große Tasche bei sich. Sie bewegt sich vorsichtig, als ob sie verfolgt würde.

Zum Donnerwetter, der Teufel soll sie holen... bis in die Kirche schnüffeln sie mir nach. Wo versteck ich mich jetzt? In der Sakristei? Wo ist die bloß. Hier, oder auf der anderen Seite vom Chor? *Sie ist auf der Suche nach einem Versteck.* Herrjeh, da kommen schon wieder zwei, sie haben mich umstellt... Der Beichtstuhl... ich verstecke mich im Beichtstuhl. *Sie will in den Beichtstuhl und bleibt stehen.* Schon besetzt! Da sitzt ein Pfaffe drin. Diese Pfaffen sind überall, wo man hintritt! Na gut, dann beichte ich eben. Die Polizisten sollen es wagen, ein heiliges Sakrament zu stören... *Sie kniet rechts vom Beichtstuhl hin. Mit leiser Stimme:* Hallo! Ach nein, Hochwürden! Zum Teufel, er ist eingeschlafen! *Sie klopft mit den Fingern an das Gitter.* Hochwürden, wacht endlich auf!... Gottlob! Ich will beichten, aber ein bißchen schnell, wenn's geht. Geht nicht? Sie schlafen noch? Also, dann reden wir, damit sie aufwachen, einverstanden? Das darf doch nicht wahr sein. Sie wollen erst in die Bar, einen Kaffee trinken, bevor ich beichten darf? Nein, Sie rühren sich nicht von der Stelle, oder ich schlage Krach! Hören Sie, die Beichte gehört zu meinen geheiligten Rechten... weil ich Steuern zahle! Und ob das was mit Steuern zu tun hat. Wir haben doch eine Staatsreligion, oder? Der Staat zahlt euch das Gehalt, wenn ich nicht irre... das heißt, wir Steuerzahler... also verlange ich, daß die Staatsreligion mir die Beichte abnimmt. Vorwärts, Hochwürden! Eine Welle von Gläubigkeit durchfließt mich, daß ich förmlich ertrinke! Wenn wir fertig sind, lad ich Sie auch zu einem Espresso ein. Es kann losgehen? Also dann! Wie bitte? Wann ich das letztemal gebeichtet habe... da muß ich mal nachdenken... Natürlich bin ich gläubig, sonst wäre ich nicht hier! Ich bin gläubig, gesetzestreu, praktizierend... was Sie wollen. Vor genau zwanzig Jahren... ja, an meinem Hochzeitstag, vor zwanzig Jahren, hab ich das letztemal gebeichtet. Bei der kirchlichen Trauung... eine ergreifende Feier! Eigentlich wollte ich gar nicht kirchlich heiraten, aber seiner Mutter zuliebe, die sehr gläubig war... Doch, ich bin ebenso gläubig... eine gläubige Kommunistin! Keine Theistin, Atheistin, Antitheistin... sondern einfach eine Marxistin Bindestrich Leninistin, Ptolemäerin, Apostolikerin, Berlinguistikerin! Stimmt, sehr gesetzestreu war ich nicht. Ich bekenne reuevoll, daß ich zwanzig Jahre nicht beichten war. Dafür hab ich aber im Parteilokal immer brav Selbstkritik geübt, mindestens einmal im Monat. Das zählt nicht? Aber ich dachte, seit dem theologischen Kompromiß... Was? Also gut, dann eben nicht. Fangen wir an... *Sie steht auf; feierlich:* Ich schwöre, daß ich die Wahrheit sage, bei bestem Wissen und Gewissen, so wahr mir Gott... *Sie unterbricht sich.* Entschuldigung, das war ein Irrtum... wissen Sie, Hochwürden, das ist vor Gericht so Sitte... *Sie setzt sich bequem auf das Beichtstuhlbänkchen.* Oho, ich hab einen Haufen Verfahren gehabt... *Sie holt ihr Strickzeug hervor und beginnt zu stricken.* Einmal wegen schweren Widerstands gegen Vollstreckungsbeamte, einmal wegen hinterlistigen Diebstahls... obgleich der nicht besonders hinterlistig war, ich hab mich nämlich erwischen lassen! War höchstens ein Diebstahl mit Hindernis, nicht wahr? Nein, ich bin keine gewohnheitsmäßige Diebin. Nur ab und zu, wenn's der Zufall will... Kindereien. Aber bei der Aktion Nulltarif, da war ich immer mit Begeisterung dabei! Das macht Laune! Mit 30, 40, 50 Frauen zusammen zum Supermarkt einkaufen gehen: Was macht das? Hunderttausend Lire? Nein, wir zahlen die Hälfte! Wir setzen die Preise um 50% herab, denn an den restlichen 50% verdient ihr immer noch genug... *Erstaunt:* Aber Hochwürden! Das ist Todsünde? Und was ist mit der Inflation? Na, passiert ist passiert. Merken Sie sich meine Sünden gut, bis zur Vergebung. Natürlich hab ich Familie: Einen Ehemann, einen

Sohn… Nein, die sind anständig, die klauen nicht… Ja, ich lebe nicht zuhause… ach, mal hier mal da, wie's sich ergibt… Ich weiß, ich weiß, ich bin nun mal keine tugendhafte, vorbildliche Ehefrau und Mutter… aber ich bin schließlich auf die schiefe Bahn geraten, gerade weil ich so vorbildlich war! Ich hab meinem Sohn sogar Blut gespendet, beim Roten Kreuz. Weil ich bei meinem Sohn sein wollte, ihn eigenhändig großziehen wollte, hab ich sogar meine Arbeit aufgegeben… eine Arbeit, die mir Spaß machte! Ich war Abteilungsleiterin, und Gewerkschaftsmitglied. Ich habe diesen Sohn erzogen, als sei er das Jesuskind persönlich. Und ich fühlte mich wie… wie die Madonna, und mein Mann war der heilige Josef mit Ochs und Esel! Als er größer wurde, zur Schule ging, kam die verdammte Politik dazwischen… damals, als er aufs Gymnasium kam. Wissen Sie, Hausbesetzungen, Zusammenstöße mit der Polizei. Einmal, als er halbtot nach Hause kam, blutüberströmt… bin ich vor Schreck ohnmächtig geworden, Pater! Seit dem Tag war ich jedesmal in Sorge, wenn er später kam. Wenn ich nur ein Martinshorn hörte, schrie ich schon: „Mein Sohn! Das ist mein Sohn!" Ohja, Hochwürden, wenn Sie wüßten, was es heißt, Mutter zu sein… Mutter von einem Linksextremisten!

Und zuhause, da hat er alles abgelehnt, was meinen Mann und mich betraf. Wir sind ja beide praktizierende Mitglieder der kommunistischen Partei. Beschimpft hat er uns! „Ihr Revisionisten, Sozialdemokraten, Opportunisten, ihr linken Kirchendiener!"

Der Gipfel aber war, wenn er mit seinen blöden Sprüchen und Slogans ankam:

„Mein letzter Wille ist
ein historischer Kompromißkommunist
mit einer sozialdemokratischen Brille
einem republikanischen Schlips
das liberale Beinchen in Gips
mit einer sozialistischen Perücke
und einer christdemokratischen Krücke."

War ich wütend! Was hatte der denn an meinen Parteifunktionären auszusetzen!? Provoziert hat er mich, verstehen Sie? Bis ich sagte *Sie spricht lauter:* „Wo willst

du hin?"... Nein, Sie meine ich nicht, Hochwürden. Wir haben uns doch gerade erst kennengelernt! Zu meinem Sohn sagte ich: „Wo willst du hin?"
„Weg, zu meinen Genossen."
„Heißt das, dein Vater und ich, wir sind keine Genossen?"
„Nein, ihr seid DIE FAMILIE."
Und warf mir das Wort FAMILIE vor die Füße, wie einen Haufen Sch... *Sie verbessert sich* einen Haufen Sand.
„Nein, ihr, ihr! Ihr seid keine Genossen", antwortete ich.
„Eine Bande seid ihr, wie die... die... Schläger seid ihr, Schleimscheißer!"
„Nein, ihr Kommunisten seid die Schleimscheißer, ihr kriecht den Christdemokraten..."
Und das mir und meinem Mann, Hochwürden! Und weg war er. Ich war schließlich soweit, daß ich hinter jeder linksextremistischen Kundgebung herlief. Ich hielt es einfach nicht mehr aus, dieses ewige Warten zuhause, bis sie ihn halbtot anbrachten. Bei den Demos lief ich immer zehn Schritte hinter ihm, bloß um ihn unter Kontrolle zu haben. Manchmal war mir zum Heulen zumute, weil ich ihre Slogans mitschreien mußte, um nicht aufzufallen. Solange sich die Slogans noch gegen die Faschisten richteten, ging's ja... aber wenn ich, als Mitglied der Kommunistischen Partei, dann aus voller Kehle gegen die Christdemokraten anschreien mußte... mein Gott, fiel mir das schwer. Und dabei gehen und laufen... *Sie erhebt sich und geht, wie bei einem Demonstrationszug, zur linken Seite des Beichtstuhls.* Vor allem lief mir jedesmal... *Sie merkt, daß ihr Beichtvater glaubt, sie sei auf der rechten Seite, deshalb klopft sie ans Gitter.* Hier bin ich, Hochwürden... *Sie setzt sich.* Nein, ich bin nicht unruhig, ich hab demonstriert! Und jedesmal, wenn ich diese Slogans rief, lief mir einer aus dem Ortsverein über den Weg, sogar der Parteisekretär. Steht da auf dem Bürgersteig, und wie er mich sieht und hört, was ich rufe, muß er sich sofort mit Hammer und Sichel bekreuzigen. *Sie macht es.* Kurz und gut, wegen meiner übergroßen Zuneigung zu meinem Sohn haben sie mich aus der Partei geworfen! Glauben Sie mir, Hochwürden,

ich hab von der Liebe nur Schaden gehabt! Ich rate Ihnen, Hochwürden, sich nie zu verlieben... Wissen Sie, einmal hab ich mich erkundigt:
„Was wird das für eine Demonstration morgen?"
„Natürlich eine friedliche!" Also hab ich mich ganz friedlich angezogen: Schuhe mit hohen Absätzen. *Sie zeigt mit der Hand die Höhe der Absätze.* Superenger Rock... und plötzlich kommt ein Polizeieinsatz... ein Jahrhunderteinsatz! Polizei, Carabinieri, alle hinter uns her... und als Extra für mich die berittene Polizei, samt der päpstlichen Garde... Und ich auf und davon, mit meinen hohen Absätzen... alle Knochen hätt ich mir brechen können. Ich hab den Rock hochgezogen bis hier, um schneller laufen zu können... und alle Polizisten hinter mir her! Ich schrie: „Was wollt ihr von mir? Verschwindet!" Bin um mein Leben gerannt, quer durch die halbe Stadt. Hab Blut und Wasser geschwitzt, und ein Herzklopfen gehabt... meine Eierstöcke waren ganz weich gekocht! *Offenbar macht ihr der Priester Vorwürfe.* Das sagt man nicht? Was hätten Sie denn gemacht, Hochwürden, wenn Sie so hohe Absätze hätten? *Sie fährt fort.* Ein Qualm! Chemische Keule, Schüsse, Tränengas, Molotowcocktails... und zu allem Unglück hatte ich meinen Sohn verloren. Ich rief: „Mein Sohn, mein Sohn"... und die Söhne von anderen Müttern antworteten... Plötzlich entdecke ich ihn, auf der anderen Straßenseite, wie gerade ein Carabiniere auf ihn eindrischt. PITSCH PATSCH, mit seinem Schulterriemen, auf sein weißes Gesicht... Da hab ich rot gesehen, hab die Straße überquert und gebrüllt wie ein Coyote... während die Tränengasbomben über Männlein und Weiblein hinwegzischten. Ich hab den Hund am Helm gepackt und ihm die Zähne gezeigt, ihn ins Ohr gebissen! Wenn nicht seine Kollegen herbeigeeilt und ihn mir entrissen hätten... ich hätte es bei lebendigem Leib verspeist! Das ist verboten? Es geht um meinen Sohn, Hochwürden! Um mein Werk, das ich in neun Monaten geschaffen habe, mit zwei Augen, zwanzig Fingern und sämtlichen Zähnen, und dieser Polizist wollte ihn mir in fünf Minuten kurz und klein schlagen! Jedenfalls konnte mein Sohn entkommen... aber ich nicht. Mich haben sie erstmal verprügelt und dann eingesperrt. Dann

haben sie mir den Prozeß gemacht... sie konnten kein Ende finden, nur wegen einem Ohr. Der Gerichtsvorsitzende sagte mit Donnerstimme: „Sie haben sich am Ohr des Staates vergriffen!" Was hab ich durchgemacht, Hochwürden... alles aus Liebe zu meinem Sohn. Für mich war die Liebe schon immer ein Reinfall. Meine Heirat zum Beispiel war eine Liebesheirat. *Verzückt:* Ich habe meinen Mann geliebt, Hochwürden, wie hab ich ihn geliebt... *Anderer Tonfall:* bis zur Heirat. Danach auch noch... Aber danach haben wir unseren gemeinsamen Hausstand gegründet, und dann ging's los, uff *Sie hält inne, weil sie ein Wort sucht* ...mit den ideologischen Mißverständnissen. Weil ich gegen sein Verhalten war, das er in ideologisch-sozial-moral-politisch-hausmännischer Hinsicht zeigte. Ich hab nämlich auch, genau wie mein Ehemann, acht Stunden am Tag malocht, mit einem kleinen Unterschied: Wenn ich nach Hause kam, mußte ich noch einmal solange arbeiten: Waschen, bügeln, Betten machen, Essen kochen – und er? Er pflanzt sich in den Sessel, abends um halb sieben, macht den Fernseher an: Kinderprogramm! Heidi!
„So geht's nicht", hab ich gesagt. „Ich bin tagsüber genauso auf Arbeit wie du, und abends genauso müde. Sagt man nicht, die Befreiung der Frau fängt damit an, daß sie sich das Recht auf Lohnarbeit erobert? Gut, ich hab mir eine Arbeit erobert, aber die Hausarbeit, wer macht die? Diesen Arbeitsplatz nimmt mir keiner weg. Und wer bezahlt sie? Niemand! Schöne Emanzipation! Durch die Ehe hab ich mir zwei Arbeitsplätze erobert! Und außerdem hatte mein Mann Asthma. Nervöses Asthma. Wenn ich nicht mehr konnte, wenn ich durchdrehte... Sie verstehn mich, Hochwürden?... Also, wenn ich ausrief: „Ich lasse alles stehen und liegen!", dann machte er einfach FFFT, und bekam seine Krise. *Sie imitiert das Schnaufen eines Asthmatikers.* Ch – Ch lag er da, steif wie ein Stockfisch. Das war ein Schock! „Nein, nein, ich geh nicht weg, ich bleibe bei dir... immer und ewig!" Dann wurde er ruhiger, die Krise ging vorbei, und mich hatten sie wieder eingefangen. Ich bin sogar schwanger geworden! Aber nicht doch, Hochwürden, das war kein Unglück, im Gegenteil... ich wollte

ja einen Sohn... mein Beitrag für den Fünfjahresplan. Ich war so glücklich, daß ich schwanger war! Hab mich neun Monate lang übergeben und die ganze Zeit im Bett gelegen, aus lauter Angst, ihn zu verlieren! Ich sprach mir Mut zu: „Dieser Sohn wird dein Leben verändern“, sagte ich. „Was gilt eine Frau ohne Mutterschaft? Überhaupt nichts! Ein weibliches Wesen ist sie, aber keine Frau!“ War ich eine blöde Muschi, Verzeihung, Hochwürden, ich wollte sagen... vielleicht fällt Ihnen ein besserer Ausdruck ein. Ist gut, gleich spreche ich von meinen Sünden... aber Sie müssen doch erst die Vorgeschichtehören. Meinetwegen, dann überspringe ich das und erzähle, was vor zwei Jahren passiert ist. Vor zwei Jahren entdecke ich, daß mein Sohn Rauschgift nimmt! Ich hatte ja keine Ahnung von harten oder weichen Drogen, ich hörte nur: Rauschgift! Und mich traf der Schlag. „Ein Süchtiger, ein Asozialer, ein Monster“, rief ich verzweifelt. „Was hab ich bloß falsch gemacht? Und du?“ – fragte ich meinen Mann, und er: FFFT... *Sie wiederholt das asthmatische Röcheln.* Und mein Sohn, seine Freunde und Freundinnen versuchten mir weiszumachen: „So ein Quatsch. Es ist doch ein Unterschied, ob jemand an der Nadel hängt, was tödlich ist, oder ob man ein Pfeifchen durchzieht!“ Da erhob ich meinen mütterlichen Zeigefinger: „Ich bin dagegen, weil Drogen eine Ideologie sind, und wenn du nicht sofort aufhörst, dann werf ich dich raus! Samt deinen Bandenmitgliedern und Strichmädchen!“ Und er: „Du hast meine Freundinnen beleidigt! Ich gehe!“ – „Wohin denn? Zu deiner Oma?“ Ich gab nicht nach, ich blieb hart: „Geh nur fort, das ist mir egal“ – dabei klopfte mein Herz erbärmlich – „wetten, daß du in drei Tagen wieder vor der Tür stehst?“ Eine Woche kam er nicht wieder. Ich konnte nicht mehr essen, nicht mehr schlafen, und mein Mann... *Sie röchelt.* Dann ging ich ihn suchen: In den besetzten Häusern, in den besetzten Schulen. Keiner verriet mir was! Ich war ja eine Mutter, ein Symbol der Unterdrückung! Absolutes Stillschweigen, wie bei der Mafia. „Die erzählen mir nichts, weil ich eine Mutter bin? Dann leg ich sie rein... ich verkleide mich!“ Aber als was? Als Freakmutter. Was das ist?

Freaks, das sind diese Jungen, die haschen, ein bißchen klauen, nichts arbeiten... kurz, es geht ihnen gut! Für einen Freak war ich ein bißchen zu alt. „Dann geh ich eben als Zigeunerin, die sind alterslos." Ging also auf einen von diesen Trödelmärkten, wo man gebrauchte Kleidung kriegt, original orientalische Ware, in Italien hergestellt, und staffierte mich aus: syrische Sandaletten, einen marokkanischen Rock, Jacke aus Afghanistan, ein griechisches Tuch aus dem Kaufhof, violette Augendeckel, einen roten Punkt auf die Stirn, einen Goldzahn in einer Kapsel um den Hals, den meine Schwester vor drei Jahren beim Niesen verloren hatte, Armringe, Glasperlenketten und Ohrringe. So zog ich in eine Wohngemeinschaft von männlichen und weiblichen Freaks, mit ein paar Pennern vermischt. Ich komme da rein... *Sie geht mit majestätischen Schritten zur anderen Seite des Beichtstuhls.* Ich sah aus wie ein Weihnachtsbaum! Und machte ein Gebimmel... *Sie klopft ans Gitter.* Sie passen nicht auf, Hochwürden! Hier bin ich. Ich trete also ein. Glauben Sie, mein Aufzug hätte auch nur einen Hund hinterm Ofen vorgelockt? Ich suche mir einen Platz, lege mein Zeug hin und tu, als ob ich schlafe. Im richtigen Moment hole ich ein Fläschchen mit einer selbstgebrauten Mischung hervor: Terpentinersatz, Dorschlebertran, Pferdeäpfel, Weingeist, Jodtinktur, ein wenig Zahnpasta – wegen der Farbe – Klosettreiniger und ein Tropfen Zitrone, das kann nie schaden. Ich begann sofort daran zu schnüffeln und verdrehte die Augen. Nach drei Sekunden hatten sie mich umringt: „Was hast du?" „Ich bin high..." „Wie ist der Stoff?" – „Ein Hammer!!" „Dürfen wir auch mal?" – „Meinetwegen... aber seid vorsichtig... eine tödliche Mischung." Und alle hängten ihre Nasen in mein Fläschchen rein. Die waren begeistert... wegen der Zahnpasta! Die steigt zu Kopf! Diese armen Kinder fallen auf alles rein! „Wer bist du, wo kommst du her?" Ich war schlagartig interessant geworden. Denen hab ich vielleicht was erzählt, Hochwürden. „Mütterlicherseits hab ich indianisches Blut, mein Vater ist Zigeuner... ich schlag mich durch mit Handlesen, Sterndeuten und Kartenlegen... ernähre mich ausschließlich von Hühner- und Katzenblut...

weil ich eine Hexe bin..." Ob sie mir geglaubt haben? Jedenfalls war ich ihnen sympathisch und durfte da bleiben. Mein Sohn? Den hab ich nie gesehen. Nur einmal, aus der Ferne, bei einem Konzert im Palalido. Ich sagte mir: „Jetzt schnapp ich dich, Bürschchen", versuchte mich zu nähern, da fängt das Publikum an zu randalieren! Durchbricht die Sperre, die Leute rennen los, stecken die Verstärkeranlage, die Bühne, ja sogar den Sänger in Brand... Die Polizei schlägt zu, und wer wird als erstes geschnappt? Raten Sie mal... Ich war ganz in Gedanken versunken, als sie mir die Handschellen anlegten. Nach drei Tagen mußten sie mich wieder freilassen, weil ich mit dem Brand nichts zu schaffen hatte. Wie ich aus dem Knast kam, sah ich draußen einen Haufen Leute: Genossinnen, Freaks, Stadtindianer, Feministinnen kamen mir entgegen. Alle warteten auf mich, ausgerechnet auf mich! Sie riefen durcheinander, sangen, umarmten mich. Sogar ein Transparent hatten sie gemacht: „Freiheit für Mamma Hexe", stand drauf. Das war ein Fest, Hochwürden, eine allgemeine Rührung! Ich wußte gar nicht, daß ich so viele Freunde hatte... sie mochten mich einfach, einfach so. Ganz vorne stand ein Mädchen, sie hatte ein lebendes Huhn dabei: „Damit du was Warmes in den Bauch kriegst", sagt sie. So kam es, daß ich immer mit diesen Mädchen und Jungen zusammensaß und ihnen zuhörte. Zuerst kapierte ich rein gar nichts, erst später... Das Persönliche ist politisch, sagten sie. Oder: Man soll seine Sexualität selbst bestimmen. Seine Sexualität, Hochwürden! Sich das Leben erobern, den Genuß. Die Phantasie an die Macht! Das Dogma der Arbeit ablehnen. *Sie singt einen gregorianischen Gesang:*
„Arbeit macht frei
stand auf der Mauer eines Lagers geschrieben,
eines Lagers in Deutschland."
Nein, gregorianischen Gesang mögen Sie nicht?... Ich soll anständig sein... gut. *Sie kniet hin.* Ich höre... *Sie wiederholt, was der Beichtvater ihr vorsagt.* Ich bin in einen Abgrund gefallen... einen teuflischen Abgrund... unmoralisch... Ordnung muß sein, nicht wahr, Hochwürden? DIE ORDNUNG, DER BEFEHL, DAS MÄDCHEN MUSS DIE VORSCHRIFT BEFOLGEN! Seit

ich lebe, muß ich mir diese Leier anhören. *Sie steht auf und spricht zum Publikum. Autorität:*
Hopphopp, antreten, eiapopeia
Ausrichten, anständig sein, ruhig!
Hopphopp, aufstehen, hinsetzen, waschen.
Anziehen, paarweise aufstellen.
Iß Breichen, trink Fläschchen, mach
groß, mach hamham, in die Heia!
Eiapopeia, die Mamma ist schön, der Papa ist lieb!
Antreten! Buben auf die Seite,
Mädchen auf die andere.
Die Buben machen im Stehen Pipi,
kleine Mädchen im Sitzen!
Alle aufs Töpfchen setzen, AA machen!
Beim AA gilt für alle das Gleiche!
Das AA nicht anfassen!
Mit AA spielt man nicht!
AA ist Kacke! Hände weg von der Kacke!
Sie scheint zu einem Jungen, der links von ihr steht, zu sprechen: Hände weg vom PIPI!
Mit Pipi spielt man nicht.
Mit sanfter, flötender Stimme: Piepmatz...
Sie scheint zu einem Mädchen, das recht von ihr steht, zu sprechen. Sehr streng: Muschi!!
Buben fassen kein Pipi an,
denn Pipi ist Bä-Bä!
Buben fassen kleine Mädchen nicht an,
kleine Mädchen sind AA und Bä-Bä!

Ich will Ihnen etwas verraten, Hochwürden. Aber hören Sie gut zu, denn ich möchte nicht falsch verstanden werden. Liebe ist Unordnung, das habe ich begriffen! Leben, Freiheit, Phantasie sind Unordnung, verglichen mit der Ordnung, die Ihr uns geben wollt, Hochwürden! Aus Liebe zu lieben, ohne den ganzen Überbau, ohne Verlobung, Mitgift: „Gestatten, das sind meine Eltern..." Aus Liebe die Liebe miteinander machen ist wunderschön. Das sage ich Ihnen. Versuchen Sie's mal. Einmal hab ich mit einem geschlafen, ich weiß nicht mal mehr seinen Namen... aber ich erinnere mich an seine Augen, seine Nase, seinen Mund, und was er sagte, während wir uns liebten: „Mein Gott! Jesus! Maria! Ich fühle mich wie im Paradies!“ Dabei war er Atheist. Ich bin verloren? Im Gegenteil, ich hab mich gefunden, ich fühle mich befreit, mir geht's großartig. Und ich hab nicht die geringste Lust, zu meiner Familie zurückzukehren. Das hab ich auch meinem Sohn erklärt... Ja, er ging mich zu suchen und fand mich sofort... Er war gut angezogen, ordentlich, Haare geschnitten, Krawatte. „Ich bin wieder zuhause, Mamma! Hatte dieses liederliche Leben, dieses Herumhängen satt. Ich hab mich gefangen. Rauche nicht mehr. Hab sogar eine Arbeit gefunden... es bringt mir nichts mehr, mich rumzutreiben... Auch Papa hat sich wieder gefangen. Hat kein Asthma mehr, spielt neuerdings Tennis und hat sich eine Freundin zugelegt. Aber wenn du zurückkommst, macht er sofort Schluß, hat er gesagt. Komm zurück, Mamma!“ *Sie verspürt Brechreiz.* Mir ist schlecht geworden! Ich sah mich plötzlich wieder zuhause, mit all den Scherereien, mit Einkaufen, Oberhemden bügeln... und keine freie Minute für mich. Stellen Sie sich vor, zum Zeitunglesen kam ich nur auf dem Klo. Wenn meine Verdauung mal nicht funktionierte, mußte ich auf die Nachrichten verzichten! „Weißt du, mein Sohn, ich mag nicht... ich bin noch nicht soweit, verstehst du?“ – „Schämst du dich nicht... läufst rum wie eine Stadtstreicherin!!“ – „Ja, du hast recht. Ich werd mir auch wieder Arbeit suchen, aber nur halbtags, damit ich Essen und Schlafen bezahlen kann. Die übrige Zeit will ich mit den Leuten zusammen sein, mit Frauen... all das, was mich erfüllt, an sie weitergeben. Aufnehmen, was sie an Erfahrungen haben. Will reden, lachen, singen. Mir den Himmel anschauen. Stell dir vor, ich wußte nicht mehr, wie schön blau der Himmel ist. Nein, mein Lieber, ich komme nicht zurück, und wenn ihr mich von den Carabinieri holen laßt.“ Sie sind tatsächlich zur Polizei gegangen! Doch, mein Sohn und mein Mann haben mich angezeigt, wegen unerlaubten Verlassens der ehelichen Wohnung. Stellen Sie sich vor, bis in die Kirche haben mich die Carabinieri verfolgt! Wo sie sind? Da, bei der Sakristei lauern sie! Was ist, Hochwürden? Hochwürden, sind Sie verrückt? Und was ist mit dem Beichtgeheim-

nis... *Sie läuft und holt ihre Tasche.* Still! Lassen Sie das! *Sie läuft Richtung Ausgang.* Ich will aber nicht nach Hause... *Sie spielt, daß sie gefaßt wird. Die Carabinieri legen ihr Handschellen an.* Meinetwegen, gehen wir... ich bin schließlich volljährig. Ich bestimme mein Leben selbst. *Sie bleibt plötzlich stehen und schreit zum Beichtstuhl hin:* Spitzelpriester und Spion! Du bist nicht Marias Sohn!
Licht aus – Musik

3. Szene
Das Erwachen

Auf der Bühne stehen: Ein französisches Bett, ein Nachttisch mit Wecker und Nachttischlampe, ein Schrank, eine Anrichte, verschiedene Gefäße (auf der Anrichte), ein Tisch, ein Gasherd, ein Eisschrank, Waschmaschine, Spülbecken usw. Außerdem ein Kinderbett, in dem ein Kind liegt (eine große Puppe). In dem Bett schlafen ein Mann und eine Frau. Die Frau hat offenbar einen Alptraum: *

Kabel abschneiden, isolieren, Kontakte anschlagen, in Kontakthülsen stecken, Kabel abschneiden... *Sie schreit:* Himmel! Ich hab mir die Finger abgesäbelt! Hilf doch, ich muß sie aufsammeln, der Chef mag keine Unordnung. *Sie fährt hoch, noch halb im Traum.* Meine Finger... womit soll ich mir jetzt in der Nase... *Sie betrachtet ihre Hand.* Gottlob, ich hab sie noch. Es war nur ein Traum! Oh Mann, jetzt träume ich schon im Schlaf von der Arbeit, als ob ich nicht genug hätte von der Fabrik! Wie spät ist es? *Sie schaut auf den Wecker.* Schon halb sieben! *Sie erhebt sich und schlüpft hastig in Morgenrock und Pantoffeln.* Der Scheißwecker hat wieder mal nicht geläutet. Ohjeh, es ist höchste Zeit. *Sie läuft zum Bettchen und nimmt das Kind hoch.* Auf, aufgewacht, mein Kleines, der Tag beginnt! *Sie geht zum Tisch, der neben dem Becken steht.* Wach auf, wach auf, mein Mäuschen, auf geht's! Ah, hast du dich mal wieder von oben bis unten vollgepißt, wo ich dich erst vor drei Stunden gewickelt habe. Ich bin doch so in Hetze. Alte Pißnelke! Komm schnell, wir müssen uns beeilen. Wenn wir nicht Punkt sieben vor der Kinderkrippe stehen,

* Diese Szene wird augenblicklich von Franca Rame nur mit einem einzigen Requisit gespielt, nämlich mit einem Sessel oder einer Bank, die das Bett andeuten. Die szenische Ausstattung war bei einer Reihe von Aufführungen, die während der Streiks und Fabrikbesetzungen liefen, aus praktischen Gründen weggefallen. Aus diesem Anlaß wurde die derzeitige Version des Stücks entwickelt. In ihr werden die Gegenstände durch mimische Gesten ersetzt, die sie beschreiben (1981).

werden wir nicht mehr reingelassen, die Tante schickt uns nach Hause! *Sie zieht das Kind aus.* Jetzt waschen wir uns das Popöchen... *Sie dreht den Wasserhahn auf* mit warmem Wasser... wieso läuft denn kein warmes Wasser? Was meinst du? Ob der Luigi, dieser alte Geizhals, gestern abend den Boiler abgestellt hat? Aah, da kommt es schon, ich nehme alles zurück. *Sie nimmt das Kind in den Arm und geht zum Waschbecken.* Jetzt waschen wir uns das Gesichtchen. Still, nicht weinen, sonst weckst du den Pappa auf. Laß ihn noch ein Stündchen schlafen, bevor er die Stechuhr drückt. Huuuh... *Sie merkt, daß sie geschrien hat und wiederholt den Ruf – eine Fabriksirene – leiser:* Huuuh... bevor er abdampft in seine Fabrik... erst zur Tram läuft, dann zum Zug... *Sie legt das Kind auf den Tisch und trocknet es ab.* Und dann fängt er an zu schaffen, grad wie ein dressierter Affe, Hebel links und Hebel rechts, Hebel runter, Hebel rauf... *Sie zeigt die Bewegungen am Fließband* erst am Abend hört er auf: Huuuh... *Sie lacht.* Hah, da freut sich mein Kind. Das magst du, wenn Mamma Äffchen spielt? So, jetzt gut abtrocknen... *Sie ergreift eine Puderdose* und schön einpudern. *Ungläubig erkennt sie, daß sie einen Fehler gemacht hat*... mit geriebenem Käse!! Wer hat mir den Käse mit dem Babypuder vertauscht?! Eine Unordnung herrscht hier. Wo er so teuer ist... warte, ich sammle ihn auf. *Sie spielt, daß sie den verschütteten Käse vom Kinderpo aufsammelt.* Ist ja schon sauber, der kleine Popo. *Sie zieht das Kind hastig an.* Es eilt, mein Pisserchen! Das wär geschafft. Wie spät? Mein Gott, höchste Zeit. Halt einen Moment still, jetzt ist die Mamma dran mit waschen. *Sie geht zum Becken, öffnet den Hahn, spielt, daß sie sich Hände und Gesicht einseift und singt:* Lavendel, Oleander, Jasmin... Camay... oh, es läuft kein Wasser mehr. Verflucht! Was ist das für eine Familie! Was ist das bloß für ein Haus! Dreihundert Familien in einem Haus! Müssen sich denn alle gleichzeitig waschen?! Mannomann, womit soll ich mich jetzt abspülen? Aah, das brennt in den Augen. *Sie nimmt ein Handtuch und reibt die Seife ab.* Egal, ich wasch mich ein andermal, wer sieht das schon. *Sie kämmt sich schnell.* Wer sieht mich schon an... man riecht es höchstens... Ich nehm ein bißchen Spray. Spray, eine großartige Erfindung. *Sie nimmt eine Spraydose.* Nur ein Spritzer... Ah, wie das brennt! Was war das? *Sie liest die Aufschrift der Spraydose.* Das Lackspray für Heizkörper! Hab ich eine versilberte Achselhöhle? Womit krieg ich das weg? Ich machs in der Fabrik ab, mit Lösungsmittel. *Sie zieht sich rasch an, nimmt ihr Kind, wickelt es in eine Decke und nähert sich der Tür.* Hopphopp, nichts wie weg! Schon zwanzig vor sieben... wir haben's geschafft. Jetzt noch Mammas Handtasche, die Jacke... *Sie geht Richtung Tür und bleibt stehen* der Schlüssel? Wo hab ich den Schlüssel hingelegt? Jeden Morgen das gleiche Theater. Jedesmal vertrödele ich meine Zeit mit Schlüsselsuchen, wo's doch auf jede Minute ankommt... *Sie kramt aufgeregt in der Handtasche, blickt sich um.* Ruhig, schön ruhig bleiben. Ich muß überlegen, muß gut nachdenken, was ich gestern abend alles getan habe. Also. Ich kam nach Hause, Luigi war nicht da. Und habe die Tür aufgeschlossen. Im rechten Arm hat Mutti das Kind, in der linken die Handtasche und den Schlüssel. Ich lege die Handtasche hierhin... *Sie zeigt auf den Tisch* und das Kind in sein Bettchen. Gehe raus. Hole die Einkaufstasche, den Schlüssel immer in der Hand... die Milchtüte unter den Arm geklemmt... komme zurück in die Wohnung... stelle die Tasche dahin... und die Milch in den Eisschrank. Ob du dabei den Schlüssel in den Eisschrank getan hast? *Sie schaut im Eisschrank nach.* Nein, nicht da... weder im Eierfach noch im Butterfach... noch nicht mal die Milch steht drin... statt dessen hab ich das Waschpulver mit dem Duft von Limonen... Natürlich! Zitronen gehören in den Eisschrank, das hält sie frisch. Bin ich verrückt? Dann hab ich die Milch bestimmt in die Waschmaschine gemacht... *Sie schaut in die Waschmaschine.* Nein? Um so besser. Wo hab ich die Milch bloß hin? Aufs Gas, richtig, um Brei zu kochen... ja, ich hab den Schlüssel zwischen die Zähne genommen, weil ich die Hände frei haben wollte, um die Tüte zu öffnen. Ich möchte bloß wissen, warum ich den Schlüssel zwischen die Zähne und nicht auf den Tisch gelegt habe. Dann hab ich das Gas angesteckt. Gut. Die Milch für das Kind steht auf dem Herd, und ich zünde das Kind an, ich meine die Milch, nein, das Gas! Ich lasse die Milch kochen und gehe das Kind entwickeln, das heißt, ich wikkele es aus. *Sie geht zum Bettchen und spielt, was sie sagt.* Nehme mein Kind, lege es auf den Tisch... stimmt nicht, ich geh mit dem Kind im Arm zum Schrank und hole die Babywanne, den Schlüssel zwischen den Zähnen... um es zu baden, stelle die Wanne hierhin, suche mein Kind... es ist nicht mehr da! Ich hab mein Kind verloren! Wo hab ich es bloß? *Sie läuft zu den verschiedenen Gegenständen, öffnet und schließt die Türen.* Im Eisschrank... in der Waschmaschine... im Schrank! Ich hatte das Kind in den Schrank gelegt! Es fing zum Glück an zu weinen, denn sonst hätte ich noch wer weiß wie lange suchen müssen. Armes Würmchen. Ich war derart erschrocken, daß ich schnell einen Becher Wasser getrunken habe... *Sie hält inne und schluckt erschrocken.* Du wirst sehen, ich hab den Schlüssel verschluckt... na- ja, ich hatte ihn doch im Mund... ausgeschlossen. Mein Schlüssel hat doch ein Loch... und ich hätte die Nacht über gepfiffen, und der Luigi hätte mir eine Szene gemacht. Wo hab ich den Schlüssel hingelegt? Ruhig bleiben, ganz ruhig. Ich nehme die Wanne, um Warmwasser einlaufen zu lassen, hole das doppeltkohlensaure Natron, *Sie nimmt eine Büchse* ich setze nämlich pro Badewanne zwei Teelöffel Natron zu... *Sie betrachtet aufmerksam den Inhalt der Büchse.* Ob er da reingefallen ist? Zucker! Wer hat den Zucker in die Natronbüchse gefüllt... *Sie kontrolliert eine andere Büchse* und das Natron ist natürlich in der Zuckerdose. Wie lange mach ich dem Kleinen schon Zucker ins Badewasser, frage ich mich. Also deswegen hat die Tante im Kindergarten gesagt: „Ich kann Ihr Kind niemals rausstellen, denn sowie es an der Luft ist, kommen die Bienen, Hornissen und Fliegen angeflogen.“ Mein armes Kind... Und was hat mir der Luigi wegen dem Kaffee alles an den Kopf geworfen... ich hatte ihm Natron reingemacht. Gerülpst hat er! Und der Schlüssel, wo ist der geblieben? Oh, ich blöde Kuh... es war alles ganz anders! Ich hab den Schlüssel nie aus dem Schlüsselloch gezogen, na klar, denn als ich das Badewasser fürs Kind fertigmachte, hörte ich, wie Luigi im Schloß rumfummelte. So war's, ich hatte erst die Tür aufgesperrt, um reinzugehen, und sie dann wieder geschlossen. Also konnte er nicht aufschließen, stand draußen und schimpfte. Ich zog meinen Schlüssel ab, er kam rein und fing an herumzubrüllen wie verrückt. Ich hatte den Schlüssel in der Hand, das weiß ich genau, stellte mich vor ihn und hielt ihm den Schlüssel zwischen die Augen... ich hätte ihm beinah eine geschmiert! Und sagte: „Ich hab vergessen, ihn abzuziehen. Na und? Du Frauenmörder!" – „Laß mich in Ruhe", sagt er, „Ich bin nicht wegen dem Schlüssel sauer, sondern weil der verdammte Zug eine Stunde Verspätung hatte. Anderthalb Stunden für zwanzig Kilometer! Wer zahlt mir die Zeit? Mein Chef doch nicht, der zahlt mir weder Hin- noch Rückfahrt, noch die Straßenbahn. Dabei mach ich doch diese Reisen nicht zu meinem Vergnügen, sondern für ihn!" „Und warum zankst du dann mit mir?" sage ich, immer den Schlüssel in der Hand. „Außerdem heißen die Chefs heutzutage nicht mehr Chef, sondern Multis. Heute hat nur noch ein Hund einen Herrn! Wir sind freie Menschen, ohne Herren! Dein multinationaler Chef bescheißt dich um die Stunden, die du als Pendler unterwegs bist, das regt dich auf. Aber um wieviel Stunden er mich bescheißt, ist dir egal... ja mich! Ich arbeite genauso wie du meine acht Stunden täglich für ihn, wie ein Tier, und zusätzlich bin ich noch deine Dienstmagd, und zwar gratis! Für den Herrn Multi!" Dabei hab ich dem Kind zu trinken gegeben. *Sie geht zum Bettchen.* Hab's auf den Arm genommen... *Sie nimmt das Kind auf den Arm und sucht im Bettchen.* Ist er vielleicht reingefallen... Mein Gott, was ist das? Schon wieder! Schon wieder ist deine Windel voll! Alter Hosenscheißer... *Sie geht zum Tisch neben dem Becken.* Wie oft hab ich dir schon gesagt, du sollst dein AA in der Kinderkrippe machen! Um fünf nach sieben sollst du machen, dann wickelt dich die Tante! *Während sie redet wickelt sie schnell das Kind* Wieviel Uhr? Ohjemineh, ich schaff es nicht, der Tag ist verschenkt. Schau dir das an, du Oberscheißer. So ein kleiner Popo und so ein Haufen Kacke! *Während sie das Kind wäscht, fährt sie in der Unterhaltung mit Luigi fort:* Zu welchem

Zweck ist denn die Familie, unsere heilige Familie erfunden worden? Damit ausgeflippte Leute wie du ihre Neurose, die durch die bestialische Arbeitshetze entsteht, zuhause bei uns Ehefrauen auskurieren können. Wir schaffen das schon. Wir sind die Matratze, auf der ihr Euch austobt! *Sie hat das Kind fertig gewaschen, trocknet es ab und zieht es wieder an.* Wir stellen euch wieder her, und zwar gratis! Damit ihr am nächsten Tag erleichtert seid, frisch und munter, und noch besser für ihn produziert, für den Multi! Er ist Gottvater! Erst macht er den Boom und dann die Flaute! Dann die Deflation, die Inflation, die galoppierende Krise, die schleichende Krise, den Verfall der Lira, den Eurodollar, den Öldollar... und dann hebt er die Arme zum Himmel und ruft: „Ich bin machtlos! Das ist Schicksal! Kismet!" Mein Luigi fängt an zu lachen: „Oho, seit wann bin ich denn mit einer feministischen Extremistin verheiratet? Bist du neuerdings in der Frauengruppe?" Ich sage: „Du Schwachkopf, ich brauch nicht erst in die Frauengruppe zu gehen, bis ich kapiere, daß unsere Art zu leben ein Riesenbeschiß ist. Wir zwei arbeiten wie die Ochsen und haben nicht die Zeit, mal zwei Worte zu wechseln, nie Zeit für uns selbst. Fragst du jemals: ‚Bist du müde? Soll ich mit anfassen?' Wer kocht bei uns? Ich. Wer macht den Abwasch? Ich. Und die Einkäufe? Wer macht den monatlichen Salto mortale, damit wir mit dem Geld auskommen? Ich, ich, ich! Nicht genug, daß ich arbeiten gehe. Ich wasche auch noch deine schmutzigen Socken. Wie oft hast du meine Strümpfe gewaschen? Ist das der Sinn der Ehe? Ich möchte mit dir reden können. Ich möchte mit dir zusammen leben... nicht nur zusammen WOHNEN! Kannst du dir nicht vorstellen, daß auch ich Probleme haben könnte? Es ist gut, daß deine Probleme auch meine sind, aber ich möchte, daß es auch umgekehrt ist, daß ich nicht immer nur für deine Probleme zuständig bin, und für meine eigenen bin und bleibe ich alleine zuständig! Ich möchte mit dir reden können... aber wenn du von der Arbeit kommst, dann haust du dich ins Bett. Abends: FERNSEHER AN! Sonntags: FUSSBALL! Stundenlang schaust du zweiundzwanzig Idioten in Unterhosen zu, die sich gegenseitig ans Schienbein treten, mit einem geistig Zurückgetretenen in der Mitte, ebenfalls in Unterhosen, aber mit Jacke und Trillerpfeife!" Da lief mein Luigi blau an, beleidigt war er, als ob ich über seine Mutter gelästert hätte, und sagt: „Was verstehst du schon von Sport!" Das war ein Fehler! Ich sah rot und fing an zu brüllen. Hab ordentlich ausgepackt. Wir schrien uns gegenseitig an, ein Wort gab das andere, ich wurde immer böser und er noch böser... bis ich gesagt habe: „Wenn so die Ehe aussieht, dann war es ein Fehler, daß ich geheiratet habe!" Nahm also meinen Fehler in den Arm... *Sie nimmt das Kind in den Arm und geht zur Tür* und machte mich aus dem Staub. Und wie ich zur Tür raus wollte, da hatte ich den Schlüssel in der Hand, ganz bestimmt, denn ich schloß die Tür auf. Da kam mein Luigi an, der Ärmste, bleich wie die Wand, wegen dem Halbgott in schwarz... So eine Szene hatte ich ihm noch nie gemacht, und ich meinte es ernst, das hatte er kapiert. Zieht mich zurück in die Wohnung: „Mach das nicht, warte..." – „Laß mich in Ruhe!" „Zuerst müssen wir miteinander reden, und wenn du dann noch gehen willst, dann geh... aber erst reden. Wozu gibt es die Dialektik?" Und dann zieht er mich aufs Bett, logisch... setzt mich hin und sagt, daß ich recht hätte... aber er sei das von seiner Mutter her so gewöhnt, und er hätte gedacht, ich sei genauso wie seine Mutter... das sei ein Fehler, und er wolle sich ändern... Kurz und gut, er übte Selbstkritik. Aber so gut, so schön, daß ich zu weinen anfing... Und je mehr er Selbstkritik übte, desto mehr mußte ich weinen... ach, was hab ich schön geweint, gestern abend! Und der Schlüssel? *Plötzlich erinnert sie sich* Natürlich! Er hat ihn an sich genommen, und in die Jackentasche gesteckt... *Sie sieht die Jacke, und sucht in den Taschen.* Da! Sein Schlüssel und mein Schlüssel! Wie spät? Zehn vor sieben, wir schaffen es noch. Auf mein Schätzchen, es geht los. *Sie nimmt das Kind in den Arm und bewegt sich sehr hastig.* Mammas Kind, Mammas Jacke, Mammas Handtasche, *Sie will hinaus, bleibt plötzlich stehen* die Wochenkarte für die Straßenbahn... *Sie legt das Kind auf den Tisch.* Warte, ich muß die Fahrkarte suchen, am Ende ist die Bahn

überfüllt, dann muß ich dich auf den Boden legen und du wirst totgetrampelt... *Sie kramt in ihrer Handtasche.* Ich hab sie... *Sie betrachtet die Karte zerstreut.* Was? Die ist ja schon sechsmal geknipst... sechsmal Hinfahrt, sechsmal Rückfahrt... wer hat meine Fahrkarte so durchlöchert... was ist heute für ein Tag... *Sie schaut auf den Wandkalender und ist sprachlos. Sie nimmt das Kind auf den Arm und spricht tonlos:* Sonntag? *Schreiend:* Sonntag!! *Zum Kind:* Warum sagst du das nicht gleich?! Es ist Sonntag! Bin ich denn blöd? Auch noch sonntags zur Arbeit zu fahren? Ich bin doch nicht verrückt! *Sie singt:* Am Sonntag hab ich frei und lieg im Bette bis um drei! Auf ins Bett, Kleines, wir gehen schlafen. *Sie legt das Kind aufs Bett und tritt vor an den Bühnenrand.* Ich will von einer Welt träumen, in der alle Tage Sonntag ist. Ein ganzes Leben lang Sonntag. Der Weltuntergang ist da... der ewige Sonntag ist ausgebrochen. Es gibt keine Werktage mehr... der Montag wird aufgehängt, der Donnerstag hingerichtet, der Freitag in Scheiben geschnitten... und alle Tage ist Sonntag. Ins Bett, mein Kind! *Sie läuft zum Bett und legt sich unter die Bettdecke.* Schlafen. Und wenn ich noch mal vom Arbeiten träume, dann bring ich mich eigenhändig um. *Bei den letzten Worten zieht sie sich die Decke über den Kopf.*
Licht aus – Musik.

4. Szene
Wir haben alle die gleiche Geschichte

In der Mitte der leeren Bühne steht eine Liege, auf der ein Mädchen liegt. Halbdunkel.

Bitte, nein, ich bitte dich, hör auf, nein, nicht so, du drückst mir die Luft ab. Warte... ja, ich schlaf gern mit dir, aber ich möchte... ein bißchen mehr davon haben, weißt du? Du zerquetschst mich! Geh weg... hör auf damit! Du verschmierst mir das Gesicht... Nein! Nicht im Ohr! Ja, es gefällt mir, aber du kommst mir vor, wie ein Quirl, mit deiner Zunge da! Du hast zu viele Hände! Ich krieg keine Luft mehr. Geh weg, hörst du? *Sie richtet sich langsam auf, als ob sie sich vom Gewicht des Mannes befreie. Sie setzt sich frontal zum Publikum.* Oh, endlich! Ich schwitze vielleicht. Du meinst wohl, so muß man miteinander schlafen? Ja doch, ich mag das, ich mach es gern, aber ich will auch ein bißchen was dabei fühlen... Das hat nichts mit sentimental sein zu tun! Aha, das hab ich erwartet. Daß du sagst, ich bin dumm, kitschig und romantisch! Doch, ich geh gern ins Bett. Aber ich bin doch kein Flipper, in den du bloß eine Münze einwerfen mußt, und gleich leuchten die Lämpchen auf: Kling klang klack... Kläng! Du brauchst nur ordentlich rütteln und schütteln! Nein, wenn du an mir rüttelst, flippe ich aus, verstanden? Das kann doch nicht wahr sein. Wenn eine Frau nicht gleich eine bequeme Position einnimmt, Rock aus, Hose runter, dann ist sie dumm und hat Komplexe. Ehrpusselig ist sie, denn ihre reaktionär-imperialistisch-kapitalistisch-freimaurerisch-katholische-K-und-K-Erziehung war repressiv und hat ihr nur Sitte und Anstand eingehämmert... Neunmalklug bin ich? Ich weiß, neunmalkluge Frauen gehen einem auf die Eier. Besser ein Dummchen mit dem erotischen Gelächter... *Sie lacht leise, mit erotischem touch.* Du brauchst nicht gleich wild zu werden. Nein, ich bin nicht beleidigt... Also meinetwegen, versuchen wir's noch mal! *Sie legt sich wieder hin, ist im Profil zu sehen.*

Ach, wenn ich dran denke, wie zart du sein kannst, richtig human... wenn du willst. Ein richtiger Genosse! *Sie wird weicher, spricht träumerisch.* Mit dir kann ich über Sachen reden, die ich sonst nicht rauskriege... sogar ganz kluge Sachen... ja, bei dir fühle ich mich richtig intelligent! Bei dir kann ich mich verwirklichen. Und du kommst nicht nur deswegen, weil ich so schön mit dir schlafe... anschließend bleibst du noch... ich rede, und du hörst mir zu... *immer schmachtender:* du redest und ich höre dir zu... du redest und redest, und ich *sehr schmachtend:* und ich... *Man begreift, daß sie nahe vor dem sogenannten Orgasmus steht – jedoch nur durch den Tonfall!* Und ich... *Anderer Tonfall – realistisch und erschrocken:* Hör bitte auf! Sonst werde ich schwanger! *Flehend:* Hör einen Moment auf... *Entschlossen:* Warte!! *Der Mann hat endlich aufgehört.* Ich muß dir was wichtiges sagen. Ich hab keine Pille genommen. Nein, ich nehm sie nicht mehr, weil sie mir nicht bekommt, mein Busen wird davon so schwer wie die Kuppel von Sankt Peter. Na gut, machen wir weiter, aber bitte, paß auf. Denk immer dran, was damals passiert ist... wie schlecht es mir ging! *Sie wechselt den Tonfall.* Ja, ich weiß, auch dich hat die Sache mitgenommen... aber mich erst! Na gut, machen wir weiter, aber paß auf... *Sie schlafen wieder miteinander. Einen Moment bleibt sie starr und schweigend mit aufgerissenen Augen liegen, dann klopft sie nervös mit dem Fuß auf den Boden. Sie blickt ihren imaginären Partner an und flüstert ihm ängstlich zu:* Paß auf. *Sie ist unbeteiligt, wiederholt mit anderer Stimme:* Paß auf!! *Sauer:* Nein, es geht nicht, ich kann nicht! Bei dem Gedanken an Schwangerschaft gefriert mir das Blut in den Adern! Ein was? Diaphragma? Ja, ich hab eins, aber ich konnte doch nicht ahnen, daß du heute... außerdem ist es mir lästig, so ein Gummiding im Leib zu haben... kommt mir vor, wie ein Kaugummi. *Der Mann erhebt sich. Sie setzt sich wieder hin, ist enttäuscht. Frontal zum Publikum:* So, deine Stimmung ist hin? Entschuldige mal. Ist doch komisch. Seine Stimmung ist hin, weil ich nicht schwanger werden will. *Sie wird immer zorniger.* Und du willst ein Genosse sein? Weißt du, wessen Genosse du bist? Ein Schwanzgenosse bist du! Oh ja, mit ihm denkst du, er ist dein Genosse! Er ist katholisch – imperialistisch – plutokratisch – freimaurerisch – repressiv geblieben. Schau ihn mal genau an. Er hat eine Kardinalsmütze auf dem Kopf. Steht im Generalsrang und hat unten Faschistenbommeln! Ja! *Empört:* Du Feigling. *Den Tränen nahe:* Wie kannst du so etwas zu mir sagen... *Weinend:* Mein Gehirn sitzt im Uterus... Natürlich weine ich, du hast mich beleidigt, hast du... *Sie legt sich hin, als ob der Mann sie mit Gewalt aufs Bett drückt.* Ach, ich weine, und du geilst dich auf? Ach ja, ach ja... *Sehr lieb:* Ja, ich auch, ich mag dich. Ich weiß, es ist nicht deine Schuld. Die Gesellschaft ist schuld, der Egoismus, die Ausbeutung, *sie spricht immer schmachtender:* der Imperialismus, die Multis... *Anderer Tonfall:* Was machst du? Mein Gott, paß doch auf, paß auf! *Sie wirkt leblos, spricht tonlos:* Du hast nicht aufgepaßt. *Verzweifelt:* Ich bin schwanger! *Sie schiebt ihn weg.* Ich bin schwanger. *Schreiend:* Schwanger!! *Die Beleuchtung wechselt. Helles Licht. Das Mädchen dreht sich und setzt sich auf die Seite, auf der vorher der Mann lag. Jetzt scheint sie sich in einer Arztpraxis zu befinden. Sie spricht mit einer Hebamme.* Ja, ich bin schwanger... bald im dritten Monat. Ja, den Test hab ich machen lassen. Gut, ich lege mich hin... Bitte vorsichtig sein... Ja, ich weiß, es tut nicht weh... nur eine Untersuchung... aber ich bin ganz nervös. Wissen Sie, ich bin streng erzogen worden. Ja, einmal hab ich schon abgetrieben, vor Jahren. Ohne Betäubung, ohne Narkose, sozusagen in hellwachem Zustand. Hat furchtbar weh getan. Aber das Schlimmste war, wie sie mich behandelt haben: Wie eine Nutte. Ich durfte nicht schreien. „Halt den Mund", sagten sie, „du hast einen Fehler gemacht, jetzt bezahlst du." *Anderer Tonfall:* Und ich habe bezahlt. *Sie zeigt mit den Fingern, daß sie gut bezahlt hat.* Nein, von dieser Abtreibung *sie setzt sich auf* will ich nichts spüren, keinen Schmerz fühlen. Ich will Vollnarkose. Ein Schläfchen machen... Ich will gar nichts wissen, nicht mal den Tag. Ihr gebt mir ein Schlafmittel und könnt euch eine Woche lang Zeit lassen... *Anderer Tonfall. Ernst:* Was? Eine Million Lire?! Die Preise sind ja mächtig gestiegen. Ja, ich weiß schon, erst die Narkose, dann das Risiko... *Anderer Tonfall:* Für eine Million?! Ich kenne das neue Gesetz. Deswegen bin ich ja hier... Ich kann Ihnen sagen. Beinah verrückt bin ich geworden, bis ich endlich einen Arzt gefunden hatte, der mir die Indikation stellt, und ein Krankenhaus, das mich auf die Warteliste setzt. Wie ich endlich an der Reihe bin, da verweigern sie aus Gewissensgründen den Eingriff. Alle, außer einem einzigen Arzt, der todmüde war. Die Krankenschwestern, die vom Labor, sogar der Koch... auch dem Koch schlug das Gewissen. Also wenn die Station nicht von protestierenden Frauen besetzt worden wäre – wir wären alle Hungers gestorben! Schließlich kam die Polizei und warf die Frauen aus dem Krankenhaus. Ich war geschockt und sagte mir: Bei diesem Gesetz kommt mein Sohn im Alter von 24 Jahren zur Welt. Dann hat er den Wehrdienst abgedient, ist arbeitslos und kann auswandern, in die Bundesrepublik. Es reicht mir, ich lasse illegal abtreiben... *Anderer Tonfall:* Aber eine Million... gar nicht dumm, daß die Gynäkologen verweigern. Ein gutes Gewissen für soviel Geld. An uns stoßen sie sich gesund, die mit ihren goldenen Löffeln! *Sie setzt sich entschlossen auf.* Nein, ich lasse es nicht machen... Nicht wegen dem Geld, das könnte ich borgen. Sondern ich lasse mich nicht erpressen. Das ist gesetzwidrig! *Nachdenklich:* Ich behalte es... *Halb zu sich und halb zu der Hebamme:* Wenigstens einen Sohn sollte man haben... *Entschlossen:* Ich verwirkliche mich! *Sie schreit aus voller Kehle:* Bekenne mich! *Sie läßt sich auf der Liege nieder, mit den Schultern zum Publikum. Glücklich:* Ich werde Mutter, Mutter! Im dritten, im vierten, im fünften Monat. *Sie dreht sich zum Publikum* Die Brust wächst, der Bauch wächst! Wir kommen zu den Schwangerschaftsübungen zur Erleichterung der Geburt. Und eins, zwei, drei und vier! Beugen. *Sie macht es.* Und hecheln wie ein Hund... *Sie macht es.* Haa haa haa... Entspannen. Und eins, zwei, drei und vier. Hecheln wie ein Hund *Sie macht es.* Haa haa haa... stärker *Sie atmet heftiger.* Oh, mir wird schwindlig... Ohnmacht... *Sie läßt sich einen Moment gehen.* Übelkeit... ooh, es bewegt sich! *Sie rutscht herum und setzt sich mit dem Gesicht zum Publikum.* Wie süß, ganz süß ... *Anderer Ton:* Eis ... ich hab Appetit auf Eis, Eis mit Sahne, Spaghettieis, Salami! *Professioneller Tonfall, als Hebamme:* Spitzer Schrei aus der Bauchmitte: aaah. Tiefer: aah *Drängend:* Noch tiefer ... *Sie hört auf. Langsam legt sie sich auf die Liege, mit dem Kopf zum Publikum.* Ja, ich bin soweit ... jaja, lege mich hin ... Jaa, ich bin ganz ruhig ... ja, hecheln wie ein Hund ... HaaHaa ... Ja, ich presse ... oh der Schmerz, der Schmerz. Oaah ... Oaah *Schmerzensschrei.* Ich kann nicht mehr ... machen Sie irgendwas ... Oaah ... Ojeh ... Und wo ist er? Wo? Draußen? Was macht er? *Anderer Tonfall:* Er raucht ganz nervös?! *Sie dreht sich, setzt sich zum Publikum.* Der Ärmste! Er ist nervös ... und verkrampft! Ach, weshalb war er denn damals nicht verkrampft, als er mich geschwängert hat! *Sie spricht zu den Frauen im Publikum.* Ich weiß nicht, geht euch das auch so, ich begreife nicht, weshalb immer die Frauen, aber nie die Männer schwanger werden. Ich bin dagegen! Das will mir nicht in den Kopf. Nachts träume ich schon davon: Ich habe geträumt, daß der meinige Brüste hatte. Herrlich große, runde Brüste. Als ich sie mal betätscheln wollte, sagt er: Laß mich in Ruhe! Dachte wunder was er da hatte! Dann erklärte er, er sei ein Femino, ein weiblicher Mann, das sei eine besondere Männerrasse, sie werden schwanger, wenn sie eine sexuelle Beziehung mit einer Frau haben und die Verhütung vergessen. *Sie dreht sich zur rechten Seite, als ob ihr Freund neben ihr sitzt. Sie scheint seine Brust zu berühren.* Dada ... wie hübsch du bist ... komm, leg dich hin. *Sie legt sich hin. Man merkt, daß der Mann unter ihr liegt.* Los, zieh dich aus, ich muß mit dir reden ... Was? Du bist nervös und verkrampft ... Du hast vergessen, die Pille zu nehmen? Macht nichts, ich liebe dich trotzdem. Du kannst ganz beruhigt sein, ich paß auf. Was soll schon passieren ... Falls du schwanger werden solltest, dann beschützt dich der Paragraph 194. Oder ich besorge dir einen illegalen Eingriff. Auf meine Kosten, samt Vollnarkose. Oder ich heirate dich ... für den Fall, daß du dein Kind behalten willst ... *Drängend:* Komm, leg dich hin, laß uns anfangen ... egal, ob du schwanger wirst ... Der Mann verwirklicht sich nur durch die Mutterschaft! *Sie schreit:* Als Mutter! Mutteer!!

Sie richtet sich auf und setzt sich hin. Aah! Es ist geboren!! *Sie schaut nach links. Hoffnungsvoll:* Ist es ein Junge? *Unterdrückte Enttäuschung in der Stimme:* Nein? *Bestürzt:* Was ist es dann?! *Sie spielt jetzt die Hebamme und begleitet ihre Worte mit Gesten.* Tack Tack, man muß das Neugeborene mit der flachen Hand schlagen! Es weint! Tack, die Nabelschnur wird abgequetscht: Knoten rein! Und in die Wanne eintauchen, Tack, Wechselbad, schsch heiß, brrr kalt. Wiegen: Knapp vier Kilo. *Sie wird wieder zur Mutter, das Mädchen sitzt auf ihren Knien.* Eia, ein hübsches, liebes Mädchen bist du. Ganz lieb. Stillen. Eine Spritze. Impfen. Noch eine Spritze. Einlauf. Flutsch: Ein Haufen feine Kacke! Spucken. Stillen *Sie mimt saugen,* Stärkungsmittel. Homogenisierte Babynahrung. Vitamine. Didi Dada, Süße. Da lacht sie. Wie schön! Nein, nicht weinen. Mach ein Bäuerchen. Ei, die feinen Spielsachen... oh wie schön, Didi, Dada. Nicht runterwerfen! Ham, dein Breichen. Nicht spucken! Nicht den Löffel runterwerfen! Hamham, der Brei. Nicht spucken! Du Böse! Du sollst wachsen, meine Süße! Setz dich hin... *Sie zeigt, daß sie das Kind auf ihre rechte Seite setzt.* Ich erzähle dir jetzt eine schöne Geschichte... *Während sie die Geschichte erzählt, wechselt sie Haltung und Tonfall, je nachdem, welche Person gerade spricht.* Es war einmal ein niedliches Mädchen, das eine schöne Puppe hatte. Ach was, sie war ganz schmutzig, schäbig und aus lauter Lumpen, aber das Mädchen hatte sie sehr lieb. Es sprach mit der Puppe, und die Puppe antwortete. Leider sagte die Puppe andauernd nur häßliche Schimpfwörter, die das Mädchen nachsprach und behielt. Eines Tages fragte seine Mutter: „Wer hat dir bloß all die schmutzigen Ausdrücke beigebracht?" – „Meine Puppe", erwiderte das Mädchen. „Du lügst! Puppen fluchen nicht! Das bringen dir die bösen Buben bei!" – „Nein, die Puppe! Los Puppe, sag meiner Mamma ein Schimpfwort!" Die Puppe gehorchte, weil sie das Mädchen gern hatte, und sagte sofort einen Haufen gräßliche Schimpfworte auf: „Dreckige Hure! Scheißhaufen! Ich scheiße auf dich! Arschloch! *Als ob sie einen Slogan ruft:* Arschloch, Arsch-loch!!" Ohjeh! Die Mutter wurde ganz rot vor

Zorn, riß dem Mädchen die Puppe aus der Hand, sperrte das Fenster auf und warf sie – Zack! – runter auf die Wiese, direkt auf einen Müllhaufen. „Mamma böse, Mamma böse", rief das Mädchen und raste hinunter, aber in diesem Augenblick kommt gerade ein häßlicher roter Kater des Weges, schnappt sich mit seinen Zähnen die Puppe und trägt sie fort in den Wald. Das Mädchen weint und läuft ihm hinterher. Es sucht und sucht und läuft und verläuft sich im Wald. Und in der Nacht verwandeln die Bäume sich in einen tiefen Wald! Plötzlich erblickt es in der Ferne ein winziges Licht... läuft zu dem winzigen Licht hin, bis es einen kleinen Zwerg sieht, der auf einem großen Pilz stand und gerade pinkelte. Seine Pisse leuchtete! „Zwerg Zwerglein, sag mir, hast du einen bösen Kater gesehen mit einer Lumpenpuppe im Maul, die flucht?" – „Da ist er!" macht der Zwerg, und Zack! pinkelt er in hohem Bogen auf den bösen roten Kater, der mausetot zu Boden fällt. Denn Zwergenpipi wirkt bekanntlich tödlich auf Katzen. „Dankeschön", rief das Mädchen und drückte seine Puppe an sich, die ganz voll Pipi war. „Du verdammter Arsch mit Ohren", fing die Flickenpuppe an zu schreien, „du hast meinen heißgeliebten bösen roten Kater umgebracht, du Verbrecher! Grün und blau hat er mich geprügelt, hat mich untergekriegt, arbeiten lassen und schlecht behandelt, trotzdem mochte ich ihn! Zu seiner Dienstmagd hat er mich gemacht, ich weinte, es ging mir schlecht, und genau das gefiel mir an ihm, denn ich fühlte mich als richtige Frau und hatte endlich auch einen Mann! Und jetzt? Was mache ich ohne meinen Kater, du Scheißzwerg, du Hundesohn, du altes Mondkalb?" Da fing der Zwerg an zu schreien: „Ah, diese fluchende Puppe gefällt mir, aah, wie sie mir gefällt! Am liebsten würd ich sie heiraten!" – „Nein, ich heirate sie!" erklang eine schreckliche Stimme im dunklen Wald, der nun nicht mehr von dem Zwergenpipi erleuchtet wurde. Oh Schreck. Da stand der böse Wolf mit seinen scharfen Zähnen! „Ich heirate sie!" „Den will ich nicht", sagte die Puppe, „ich will diesen bleiarschigen Wolf nicht!" – „Ich bin gar kein bleiarschiger Wolf, ich bin in Wirklichkeit ein Diplomingenieur, den eine garstige Hexe verzaubert hat. Ich hab sogar einen Kugelschreiber dabei. Wenn dieses jungfräuliche Mädchen mich auf die Stirn küßt, dann verwandele ich mich auf der Stelle in einen jungen Angestellten mit angenehmem Äußeren, der zärtliche Freundschaft sucht und anbietet!" Das Mädchen gab dem Wolf einen Kuß und Zack! stand ein Diplomingenieur von unmenschlicher Schönheit vor ihr, der vor lauter Begeisterung dem Zwerg einen riesigen Scheißhaufen ins Gesicht kackte, worauf der mausetot zu Boden fiel. Weil Diplomingenieurskacke auf Zwerge tödlich wirkt. „Ah, was für ein schöner Mann", sagte das Mädchen und verliebte sich auf den ersten Blick. Und der Diplomingenieur ebenfalls, denn es waren viele Jahre vergangen, und das Mädchen war groß geworden. Vorne genauso wie hinten waren ihm all diese Rundungen gewachsen, die jeden Diplomingenieur verrückt machen, das gehört zu ihrem Beruf! „Ich hab mir's anders überlegt", sprach er. „Ich will nicht mehr die Lumpenpuppe, sondern das Mädchen mit seinen hüpfenden Brüsten und seinem niedlichen Popo heiraten!" So feierten sie Hochzeit und lebten glücklich und zufrieden. Am Tag drauf sagt die Puppe: „Betriebsratsversammlung! Ihr lieben Scheißbrautleute! Schluß mit dem ewigen Glück! Es geht mir auf die Eier, wenn ich euch den lieben langen Tag schnäbeln und fummeln sehe, und mich laßt ihr links liegen. Und dann geht er weg als Diplomingenieur, und du liebe Braut schneidest Grimassen bis zum Abend, wenn er heimkommt... und dich aufs Bett wirft und simsalabim! Und morgens stellt er den Wecker um simsalabim zu machen, sogar nach dem Essen. Außerdem schadet das der Gesundheit!" – „Aber ich bin doch soo glücklich", sagte das Mädchen, das schon ein ganz dickes Bäuchlein hatte, „ich bin schrecklich verliebt!" – „Red keinen Blödsinn", erwiderte die Lumpenpuppe, „erzähl keine Märchen vom Glück. Du bist die traurigste Figur, die ich je gesehen habe. Genauso eine blöde Gans wie ich damals, als ich bei dem bösen roten Kater lebte. Gegen den hättest du dich wenigstens wehren können – aber was soll bei dem Ingenieur herauskommen? Der verdrischt dich zwar nicht, aber er läßt dich den ganzen Tag alleine zuhause hocken, wie ein Muttertier ... spricht kein Wort mit dir, dumme Kuh!" – „Du ekelerregende Lumpenpuppe", schrie da der Diplomingenieur, der ernsthafte Zuneigung sucht, „hör sofort auf, meine Frau aufzuwiegeln, oder ich schmeiß dich ins Klo!" – „Brav so", erwiderte die ordinäre Puppe, „geh aufs Klo, wenn du scheißen mußt." Und das einem Diplomingenieur! „Einverstanden, ich gehe, und zwar mit dir. Ich brauch nämlich einen Arschwisch." Gesagt, getan. Er nimmt die Lumpenpuppe, geht ins Bad und schließt sich ein. „Bitte bitte, lieber Mann, tu das meinem Püppchen nicht an ... mach auf!" – „Nein, ich hab die Hosen runter und wisch mir den Hintern ab." Da ertönt ein gräßlicher Schrei: „Auuuaaaa!" Ein Diplomschrei. Was war geschehen? Während er sich den Hintern wischte, war ihm das Püppchen plötzlich kopfüber hineingeschlüpft, so daß nur noch die Füße rausguckten. „Zu Hilfe, Frau, ein Unglück ist passiert! Die unanständige Puppe ist mir in den Hintern gekrochen ... zieh sie raus!" – „Ich ziehe und ziehe, aber es geht nicht ..." – „Oweiah, was ein Schmerz, ich glaube, ich sterbe ... ich kriege ein Kind! Hilfe! Ruf sofort die Hebamme!" Die Ehefrau gehorcht und geht die Hebamme rufen. Wie sie die Haustür aufmacht, sieh da, die Wege des Herrn sind ja bekanntlich unendlich, geht gerade eine Hebamme vorbei, mit ihrem weißen Kittel. „Oh, Frau Hebamme, Sie schickt mir der Himmel. Nehmen Sie Platz, es ist etwas Unangenehmes passiert." Wie sie den Hintern des Ingenieurs erblickt, fragt sie: „Ist das Ihr Mann?" – „Ja ..." – „Ojeh, eine komplizierte Geburt! Mit den Füßen zuerst!" Und dann fängt sie zu lachen an, aber wie ... *Zum Publikum hin:* Und dann geht's ihr, wie allen Frauen, in die Hose ... *Schreiend:* Huch! Ich kann's nicht mehr halten, das Pipi ... ich bin eine Hebamme, aber ich bin verhext ... Hilfe! Es läuft und läuft ... Ich will keine Überschwemmung anrichten! Gebt mir einen Eimer!" Und macht den Eimer voll. „Das gibst du deinem Mann zu trinken. Ein Zaubermittel. Dann wird es rausflutschen." Der protestierte: „Sind wir denn in einem Irrenhaus? Das soll ich trinken? Ich kenne die Frau doch gar nicht!" – „Aber es muß doch rauskommen!" – „Na gut, schütt ein Gläschen Wermut

dazu, Angostura, Marsala und zwei rohe Eier... Ich sag dir, das schmeckt! Magst du kosten?" – „Nein danke..." Und er trinkt und trinkt, und sein Bauch wird immer dicker, und Plomm... platzt er! Nicht mal ein Fetzen Haut blieb von dem Diplomingenieur übrig... nicht mal sein Kugelschreiber! Die Puppe jedoch war heil geblieben, saß da und lachte sich dumm und dämlich. „Hast du gesehn, du saublödes Ei", sagt sie zu dem großen Mädchen, ihrer Freundin. „Jetzt bist du frei, du kannst nun alleine über deinen Körper, über dich selbst, über deinen Weg bestimmen. Du bist frei! Laß uns gehen." Da drückte das große Mädchen seine Puppe ganz fest an sich, und ganz langsam verschwand die Puppe in ihrem Herzen. Nun ist das erwachsene Mädchen allein auf einer langen langen Straße... Es läuft und läuft, bis es zu einem hohen Baum kommt, und unter dem Baum sitzen viele große Mädchen wie sie, die sie jubelnd empfangen. „Komm, setz dich zu uns," sagen sie, „wir erzählen uns gerade gegenseitig unsere Geschichte. Du fängst an", sagen sie einem blonden Mädchen. Und die Blonde fängt an: „Als ich ein kleines Mädchen war, da hatte ich eine Puppe aus Lumpen, die schimpfte und fluchte." Da lachten die Mädchen im Chor: „Wie komisch, wer hätte das gedacht: Wir haben alle die gleiche Geschichte... wir können alle die gleiche Geschichte erzählen!"
Licht aus – Musik

5. Szene
Zwiegespräch für eine Stimme

Vor der Bühne steht ein junger Mann, mit dem Rücken zum Publikum. Man muß sich vorstellen können, daß er in einer sehr engen Gasse steht, an eine Hausmauer gelehnt. Er blickt nach oben und wartet darauf, daß sich seine Dame am Fenster zeigt. Sie erscheint endlich, winkt ihm zu und ruft ihn mit leiser Stimme. Sie spricht während des ganzen Stücks – den Schluß ausgenommen – mit unterdrückter, zärtlicher Stimme.

Sst, kannst du mich hören, mein Teurer, Geliebter? Hier bin ich, hier oben! Leise. Sprich leise, sag nichts, schweig stille, sie könnten dich hören.
Oh mein Heißgeliebter, verzeih, daß du so lange warten mußtest, bis ich am Fenster erschien... Oh ja, süßes Herz, wohl bemerk ich deine verdrießliche Lage. Es regnet und regnet in Strömen, der Himmel scheint sich auf dich zu ergießen! Was hast du? Hat die Sehnsucht nach mir deinen Blick verfinstert? Wie hätt ich dir helfen können, teures Kind. Wo doch meine Mutter unentwegt hinter mir herschnüffelt! Selbst mit üblen Winden konnt ich sie nicht vertreiben.
Du tropfst ja vor Nässe, mein Schöner, wie eine Katze erscheinst du mir, auf die eine Bande von Saufbrüdern ihr Wasser abschlug!
Nein, ich flehe dich an, mein Liebstöckel, du darfst nicht von mir verlangen, daß ich dich gleich zu mir hochlasse. Weil ich mich dermaßen sehne, mit dir zu verweilen, mit dir vereint zu sein, Beine und Arme und Schenkel ineinander verschlungen wie einen Hefezopf... daß ich dir flugs den Schlüssel zuwerfe, wenn du jetzt zu mir sagst, ich will. Eine Tragödie wär das, nicht auszudenken, wir würden uns hinterher in die Hosen machen!
Hab noch ein wenig Geduld, himmlisches Kind, bis der Augenblick günstiger ist und du aufsitzen kannst. Jetzt wär es heller Wahnsinn. Gerade erst ist mein Vater wutentbrannt heimgekehrt... seine Hände sind blutbesudelt,

er hat im Zorn mit der Axt unsern Mühlesel erschlagen, denn jener niederträchtige Flegel riß sich letzte Nacht los und bestieg unser Pferd, das Stutenfüllen, solange der Mond schien, gewiß hat er es geschwängert, der Bastard! Sei vernünftig, schöner Jüngling, die Stunde ist schlecht gewählt. Wenn man dich jetzt bei mir entdecken würde, nackt und bloß, nur mit deiner Standarte gerüstet... wo der Vater doch über mich ebenso eifersüchtig wacht wie über seine Stute! Wenn er Verdacht schöpfte, daß so ein Flegel seine Tochter besteigen wollte, um auf ihr zu weiden, würde er dir, süßer Engel, eigenhändig jenes schöne Gepränge zwischen den Schenkeln herausreißen, das du doch mit dir führst, um eine süße Schlacht auf meinem Bett zu schlagen.

Weshalb verdüstert sich deine Miene? *Sie blickt um sich, als hätte sie etwas gehört.* Mein Gott, was war das? Da drüben kommt jemand... Versteck dich, damit er dich nicht entdeckt, dort hinter dem Vorsprung, da ist es dunkler... Psst, sprich nicht, da, er ist weg.

Wie ungeschickt von dir, ausgerechnet unter die Regentraufe hast du dich gestellt!

(ER: Hatschiii!)

Horch horch, wie du niest, Ärmster!

(ER: Hatschiii!)

Wie Eselsgebrüll!

(ER: Hatschiii!)

Wie ungezogen... Naja, ich kann mir gut vorstellen, daß du dich erkältet hast... aber bitte mäßige dich, ranz nicht wie eine Nase voll Schnupftabak, du weckst mir das ganze Haus auf.

(ER: Hatschiii!)

Verschwinde, geh, mach dich weg! Oh nein, komm zurück, ich halt es nicht aus, kann dich nicht weglaufen sehen. Ich bin wie verrückt! Und du, Traum meiner schlaflosen Nächte, du hast mich verrückt gemacht!

Oh, du gefällst mir so sehr, mein wassertropfender Spatz, daß mich die Lust packt, dich wie ein Bettuch auszuwringen, dich mit Zärtlichkeiten und Küssen zu walken und wie Magdalena mit meinen Haaren zu trocknen... aber nicht nur die Füße... und dich danach zu erwärmen mit Zwicken und Beißen und Püffen und Kniffen in den

Hintern... dich überall zu streicheln und zu kitzeln, bis du vor Gelächter aus der Haut fährst!

(ER: Hatschiii!)

Eujeujeu! Du niest ja noch immer, zarter Geliebter. Warte, ich will an der Kammertür von Vater und Mutter horchen, ob sie fest schlafen... Ja, sie schnarchen lauthals. Warte, ich laß dich herauf. Oh du mein gerupfter Engel, mein Verhängnis... was verlangst du von mir... ich zittere bis ins Mark, bis in den Leib... Wart ab, ich werf dir den Schlüssel hinunter; ich hab ihn ins Schultertuch geknotet.

Er nähert sich der Bühne.

Schnell, beeil dich, schließ auf, tritt ein, steig die Treppe hoch... was zögerst du noch? Wie lange brauchst du, um einen Schlüssel ins Loch zu stecken?

Verwechselst du etwa die Löcher? Oh, endlich hast du's gefunden! Schließ ab, aber tritt leise auf, meine Mutter hat einen leichten Schlaf, bei jedem Geräusch schreckt sie hoch. Ich komme und leuchte dir. Komm, tritt ein, mein Verderben, meine Quelle, Rosenduft... Umfang mich!

(ER: Oh endlich...)

Leise, psst, nicht sprechen. Heilige Jungfrau, du triefst vor Nässe und bist ganz erstarrt!

Nein wart, geh beiseite, du machst mich ganz naß. Warum hast du dich nicht vorm Haus unten geschüttelt, wie's die Hunde machen? Sieh nur, die Pfütze auf dem Fußboden! Nein, mein herzallerliebster Schatz, verzeih mir, ich will nie mehr schimpfen und zanken.

(ER: Aber du...)

Du hast recht, aber ich flehe dich an, sprich nicht so laut, sonst hören sie dich...

(ER: Aber du...)

Bei mir ist das was anderes. Sie denken sich nichts, wenn sie mich hören, weil ich oft im Schlaf spreche, manchmal die ganze Nacht lang erzähle... Komm, stell dich zur Kohlenpfanne, laß mich nur machen, ich will dir die nassen Kleider ausziehn.

(ER: Haat...)

Halt ein, bitte nicht niesen, halt dir die Nase zu, hab Erbarmen, oder nies wenigstens mit hoher Stimme, da-

mit sie denken, ich sei es... Hatschiii *Sie niest.* Da siehst du, mein süßes Herz, du hast mich angesteckt... *Er räuspert sich.* Ruhig! Da hat sich jemand gerührt nebenan. Versteck dich hinter dem Fenster... ich will nachsehen... Nein, Vater und Mutter schlafen ganz fest. Komm, laß dich umarmen. Oh, wie dein Herz klopft... Was hast du, mein Paradies, du zitterst wie Espenlaub. Komm, geh zurück an den Ofen. Nicht, nein, faß mich nicht an mit diesen Händen, du Engel meiner Seufzer, eisekalt bist du! Geh, laß dir dein Hemd ausziehen. So ist es gut, heb schön die Arme, damit ich es hochschieben und deine Brust küssen kann. Beruhige dich, mein Geliebter. Du mußt nicht mehr an Papa und sein Beil denken. So, das Hemd legen wir neben den Ofen... *Er versucht sie von hinten zu umarmen.* Kannst du nicht warten! Ich will dir die Haare trocknen und ein wenig den Rücken reiben... Oh, die feine Haut! Was ist? Es kitzelt? Nicht schreien! Ein Glück, daß der Regen so prasselt und jedes Geräusch übertönt. Hier ist ein schönes, warmes Tuch, um dich trockenzureiben... *Sie legt ihm das Tuch um. Er will sie wieder umarmen.* Laß das, halt dich gerade, damit ich dir die Hosen ausziehe. Wie sie dir am Leib kleben. Oh verzeih, ich hab einen Knopf abgerissen... wie geht denn der Gurt auf... endlich! Leise, nein, bück dich nicht, ich mach es selber.
(ER: Aber ich kann doch...)
Schweig, hab ich gesagt, du Schreihals... Setz dich hin, heb das Bein, nein, das andre *Sie zieht ihm die Hosen aus.* Was fürchtest du dich? Du bist doch nur unten bloß, oben herum bist du wie ein Sultan bekleidet... Komm zu mir, ich will dich umarmen. Mein schöner, honigsüßer Wonnemond, du umarmst mich so hitzig, hast du Fieber? Komm doch, ich will deine Lenden kühlen, und du sollst mir mein Herz erfrischen... geh vom Feuer weg, sonst verbrennst du dir noch deine hübschen Bäckchen dahinten *Sie verschwindet im Halbdunkel, um sich auszuziehen. Er schaut sich suchend um.* Du suchst mich, mein Wonnespender? Erschrick nicht, hier bin ich, ich zieh mich nur aus, oder willst du mich etwa in Kleidern lieben? Jaja, zieh du mir das Gewand aus, aber vorsichtig, mit Gefühl bitte, geliebter Rüpel und Grobian! Du

ziehst mir die Haut vom Leibe! Bist rasend vor Gier! Du kommst mir vor wie ein halbverhungertes Mäuschen, das in einen Korb voller Käse fällt. Vorbei ist die Hungersnot, mein Mäuschen, vorbei!

Komm, ich bin nackt und bloß, es ist alles bereit, komm her und still deinen Hunger. Aber sei klug und überfriß dich nicht, laß dir Zeit! Sonst läufst du noch über! Nicht so hastig. Was ist? Um die Festung zu erobern, brauchst du nicht alle Mauern zu schleifen... Die Pforte öffnet sich schon, ich hab mich ergeben! Oh du mein barbarischer, türkischer, sarazenischer Eindringling. Wie denn, du willst schon plündern?

Halt ein, halt ein! Ich muß Luft holen, laß die Waffen ruhn! Mit diesem Erdbeben wirst du das ganze Stadtviertel aufwecken. Schweig einmal... laß mich lauschen. Da war ein Geräusch. Nein, keine Angst, sie schlafen. Auf, unser Spiel geht weiter... aber geh zärtlich vor, du süßer Barbar, sei nicht so gierig. Laß, laß mich Atem schöpfen, denn es ist noch lange hin, bis der Tag anbricht und tausend Vöglein singen... Oh, ich vergehe, ich glaube, du stirbst... Gott, süßer Engel, du stirbst, mein Zuckerwerk...

Still! Überlaß mir das Reden, ich spreche genug für uns beide... Nein, bleib noch... ganz sanft, überstürze nichts, tauch nicht allein in die Wellen, ins Meer... bleib bei mir, laß mich nicht alleine, ich könnte ertrinken... ich komme, ich komme...

Ein paar Sekunden herrscht Schweigen. Eine mittelalterliche Melodie erklingt. Plötzlich schreckt die Frau hoch. Oh mein Gott, was ist? Nichts, ich war eingeschlafen, und der Tag bricht an. Die Vögel haben mich nicht aufgeweckt... ich hab nicht die Lerche singen hören, noch die Hähne krähn... Wach auf, erheb dich, meine bleiche Liebe, schnell, steh auf. Es ist an der Zeit, Lieber!

Komm, ich helf dir die Hosen anziehen. Oh, wie erschlafft du noch bist, mein Honigtöpfchen... blickst noch ganz benommen um dich und taumelst.

Auf, in der Schüssel ist Regenwasser, ich will dich waschen. Halt still, schrei nicht und zappel nicht so, du

Strolch... Streif das Hemd über, es ist schön trocken... Nein, du schönes Liebestier, es ist zu spät, um noch einmal mit Schloß und Riegel zu spielen. Scharf mußt du weggehen, beeil dich und mach keinen Lärm. Gleich wird mein Vater aufstehn und kommen, um mich zu wecken... Hast du denn seine schlechte Gewohnheit vergessen, Liebhabern das Gepränge zwischen den Schenkeln herauszureißen? Oh, wie steigt dir das Blut zu Kopfe...
Gibst du mir noch einen Kuß, einen Gruß, bevor du weggehst? Was zögerst du noch... geh, spute dich, aber mach leise... bist du unten? Laß das Tor ruhig offen...
Sie erhebt ihre Stimme und spricht ins Publikum.
Ade, schöner Liebling, komm morgen abend wieder. Es war schön mit dir!
Warum ich schreie?
Ich kann mich sogar heiser schreien!
Nein, keine Angst, niemand hört mich zuhause...
Warum?
Weil keiner da ist... niemand im Haus ist... draußen sind sie, auf dem Landgut.
Alle!
Gewiß doch, auch gestern abend und die Nacht über... die ganze Zeit waren wir alleine... *Sie lacht glücklich.* War das ein Spaß! Gewiß, mein schöner verblüffter Geliebter, ich hab dich betrogen.
Wieso und weshalb? Aus Spaß am Spiel hab ich mit dir gespielt, mein Spielmann! Für dich war's Zittern und Zagen, für mich Labsal und Erquickung! Ich durfte reden, und du mußtest still sein... ich war im Vorteil, du unterlegen... du warst tropfnaß, und ich saß im Trocknen! Ich hab es genossen, den Spieß einmal umzudrehen! Dir hat es gar nicht behagt, was?
Einmal mußte ich das doch ausprobieren! Immer war ich bei dem Spiel die Verliererin... Der Mann über mir und ich unten, war ewig die Beute. Dieses Mal hab ich dich untergekriegt! Ach, was hab ich die Lage genossen! Oh Liebster, mir eins zu fiedeln, kamst du, und ich hab dich gefiedelt! Ade, mein Spielmann!

Licht aus, Musik. Lied:

Nicht allein sollst du schlafen*
ganz warm und voller Begehren;
ich weiß, du sehnst dich,
hast Sehnsucht, mich zu fühlen
in deiner Näh.

Du drehst dich um und um,
wälzt dich in deinem Bett,
ich höre dein Seufzen:
du seufzst und deckst dich auf.
Hast auf dir die Decke liegen,
laß mich doch mit drunter schlüpfen,
gesund, gesund will ich dich machen,
wenn du die Tür aufschließt.
Mein Herz und Mund sind voll
mit frischem Brunnenwasser,
du wirst dich erfrischen, laben,
ich werd betrunken sein.

(Linearübersetzung)

* Anm.d.Ü.: Das Lied „Non ti star a dormir sola" von Dario Fo gibt es auf der Platte „Le canzoni di Dario Fo", Volume 2. Volkslieder mit vergleichbarem Inhalt und in ähnlicher Form sind oder waren auch in der deutschen Volksliedtradition verbreitet. Das reicht vom höfischen, mittelalterlichen Minnelied („Kume kum Geselle min, ich enbite harte din, süßer, rosenwarmer Mund, kum und mache mich gesund"), über die sogenannten Tagelieder („Wach auf, meins Herzens Schöne, Herzallerliebste mein") bis zu dem norddeutschen „Dat du min Leevsten bist". Noch heute ist beispielsweise verbreitet „Wer steht da draußen, und klopfet an / daß ich die ganze Nacht nicht schlafen kann", mit verschiedenen Melodie- und Textvarianten. Bei uns im Hessischen wäre das Lied „Es scheint der Mond so hell, auf dieser Welt" vergleichbar, das in etwa 10 verschiedenen Varianten überliefert ist.

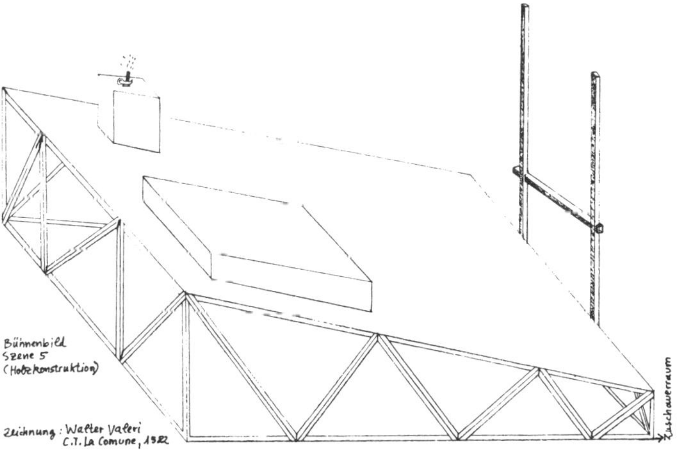

Für die Aufführung der Szene 5 ist eine besondere Bühne konstruiert worden. Dario Fo hat ein Holzgestell mit einer zum Zuschauerraum hin abfallenden Spielfläche erfunden. Franca Rame spielt also auf einer abschüssigen Ebene.

Vorrede zu „Medea"

Nun sind wir bei der letzten Szene angelangt, bei dem Stück, das uns am meisten bedeutet: der „Medea" von Euripides. Wichtig ist, daß dieses Stück sich von all den anderen abhebt. Es ist nicht komisch. Es ist sogar hochdramatisch und enthält die stärkste feministische Botschaft des ganzen Abends. Zwei Worte zur Einführung.
Für diejenigen, die das noch nicht wissen, sage ich, daß wir Euripides keineswegs für überholt halten, sondern für uns bleibt er der fortschrittlichste Tragödienschreiber der Antike. Er hatte schon damals alles begriffen, was die Frauen betraf, ihre Lebensumstände. Und das vor so langer Zeit!

Medea. Wer war diese Medea? Eine wunderschöne, junge Frau, mit magischen Kräften. Eine Hexe war sie! Eines Tages kam dann, auf der Suche nach dem Goldenen Vlies, ein gewisser Jason des Wegs. Damals, im alten Griechenland, ging man auf die Suche nach dem Goldenen Vlies – so wie man heutzutage Pilze suchen geht. Das Vlies war ein Schaffell; und Gold ist Gold. Aber an dieses Vlies war schwierig dranzukommen, weil es von einem schrecklichen Drachen bewacht wurde. Medea, die Hexe, macht einmal Zamm... und Jason gewinnt – dank ihrer Zauberkraft. Danach brach ein heftiger Streit in Medeas Familie aus, denn sie wollten Jason nicht mit diesem kostbaren Stück ziehen lassen. Medea ergreift sofort Partei für diesen Mann, den sie heiraten wird: Sie verrät ihren Vater und bringt ihren Bruder um.
Aus Liebe zur Wahrheit muß angemerkt werden, daß Medea sich nicht sehr dialektisch verhielt; sie vermittelte nicht. Dann beschließt sie, Jason zu verjüngen. Wie schafft sie das? Sie läßt ihn in einem riesigen Kessel kochen und kocht ihm sein ganzes Alter fort.
An dieser Stelle muß ich mich jedesmal unterbrechen und den anwesenden Frauen sagen: „Ein Dampfdruck-

topf ist hierfür nicht geeignet!"
Dies ist das erste Opfer der Frau für den Mann, den sie liebt: Um Jason Kraft, Jugend und Schönheit zu geben, verzichtet Medea auf einen Teil ihrer Jugend und ihrer Schönheit. Sie gehen nach Korinth, heiraten, haben zwei Kinder und leben glücklich und zufrieden. Und wie lange? Nun ja, dieses Schicksal teilen die meisten Frauen: Solange, bis Medea zu altern beginnt. Wenn es nämlich zwischen zwei Menschen keine Liebe, und zwar wahre Liebe gibt, was vor allem gegenseitige Zuneigung und Achtung bedeutet, wenn du dann alt wirst, deine sexuelle Anziehungskraft verlierst, dann wirft man dich weg. Das ist hart für uns! Du bist in dem gewissen Alter, deine Kinder sind groß geworden, sie haben ihr eigenes Leben, ihre eigene Familie, dein Mann wünscht dir: „Laß dich doch einsargen und begraben!", und du wünschst dir, du könntest sterben. Es ist wirklich schrecklich mit anzusehen, wie angeschlagen wir Frauen in dieser Lebenslage sind, egal, welcher sozialen Schicht wir angehören. Und die Reaktionen darauf sind oft falsch oder irrational. Tatsache ist, daß es ziemlich schwierig ist für eine Frau, ein neues Leben anzufangen, wenn sie nicht mehr jung ist, also klammert sie sich verzweifelt an das, was sie hat, und dann wirst du gedemütigt und frustriert, man schickt dich weg, eine jüngere, schöne Frau ersetzt dich: Das willst du nicht hinnehmen, du kannst dich nicht damit abfinden. Es ist hart, daneben zu stehen, zu tun, als existiere man nicht mehr. Es ist tatsächlich die schnellste Methode, um abzumagern! Wieviel Verzweiflung hab ich gesehen und miterlebt! Man muß auch sehen, wie rücksichtslos Männer sind, die sich frisch verliebt haben, zumal in eine Jüngere, wie sie den Kopf verlieren. Ich versteh die Ärmsten ja, sie werden alt und entdecken neue Lebensfreuden, oft glauben sie fest daran, sie benehmen sich ganz so wie Heißverliebte. So ein Pärchen ist ein trauriger Anblick: er, der sich mehr oder weniger gut gehalten hat, ist 25 oder dreißig Jahre älter als sie, dafür muß er sich im Restaurant ewig fragen lassen: „Was darf's für Ihre Tochter sein?"
Macht Jogging und Gymnastik, ist total erschöpft, „ju-

gendlich“ gekleidet, und die Rosenknospen an seiner Seite sind traurig... aber wieie traurig!!! Und außerdem ist es gefährlich!
Ja, lacht nur, das ist eine ernste Sache. Eine gefährliche Sache, glaubt mir. In so einer Beziehung zwischen einem alten Mann und einem Mädchen herrscht kein Gleichgewicht, und manchmal kommt es zum Knall... Zack, Herzinfarkt. Ich will keinen Terror machen, aber es stimmt. Es gibt Gerüchte. Ich hab nichts gegen solche Liebesbeziehungen, im Gegenteil, hin und wieder gibt es Leute, da geht es gut: Zum Beispiel bei Mädchen, die ohne Vater aufgewachsen sind... Doch, bei manch einem geht's gut... ein paar Jährchen. Danach, ohjeh, muß er sich ausweinen, bei irgendeiner alten Freundin, und sie lacht und hält sich an eine Liebe ihres Jahrgangs. Ein Mann darf, ob mit oder ohne Liebe, eine Jüngere haben. Eine Frau darf das nicht!
Wenn nämlich eine Frau... ich sage eine „erwachsene“ Frau einen jüngeren Mann liebt, heißt es gleich: „Die schämt sich auch gar nicht, die alte Nutte!“ Vor einem alten Mann und einem Mädchen hingegen zieht jeder den Hut: „Donnerwetter! Der ist auf Draht!“ Was eine Kulturlosigkeit! Eine beschissene Gesellschaft ist das!!! Was müssen wir aushalten! Manchmal glaube ich, wir hätten ja Verständnis dafür, wenn unsere Männer uns verlassen würden, um sich mit Frauen um die 80, 85 zusammenzutun... das würden wir verstehen. Der arme Junge... mit seiner unglücklichen Kindheit... eine Großmutter braucht er, würden wir sagen. Aber nicht doch, sie verlassen uns wegen den wunderschönen, den phantastischen, blutjungen.
Stellt euch vor, wie Medea reagiert, die ja ganz undialektisch war, als sie von Jasons Heirat hört – und der hat nicht einmal gesagt: „Schau Liebes, heute um drei heirate ich“ – als sie erfährt, daß er eine schöne, junge, reiche, mächtige Frau heiratet. Die Tochter des Königs. Die Beste weit und breit! Sie hat einen Zornausbruch! Einen griechischen! Schließt sich in ihrem Haus ein, weint, schreit, schlägt um sich. Dann gibt sie vor, ihre Situation als verstoßene Frau hinzunehmen und sinnt auf schreckliche Rache.

Sie wird aus der Ferne – mit ihren Zauberkräften – die junge Braut umbringen, und deren Vater ebenfalls, den sie nie leiden konnte. Nicht genug: Auch ihre beiden Kinder wird sie töten. „Lieber Jason, du hast mich ausgebeutet, gedemütigt, beleidigt, hast mich unmenschlich gequält, ich will es dir heimzahlen, dir den schrecklichsten Schmerz zufügen: Deine Kinder umbringen!"
Und ZAM... sie tötet sie! Dann verschwindet sie in der Ferne... „Mach's gut!"... auf einen geflügelten Wagen, den ihr ein Freund geschenkt hatte.
Unsere Medea geht auf die Maifeiern in Umbrien und in der Toscana zurück, es ist eine volkstümliche Medea, die sich aus der Tragödie des Euripides herleitet, aber hier ist die Ursache, weshalb sie ihre Kinder ermordet eine andere. Es ist kein Drama ihrer Eifersucht, ihrer Wut, sondern sie wird sich ihrer Situation bewußt, sie gewinnt Bewußtsein.
Diese Medea sagt etwas meiner Meinung nach Außergewöhnliches: „Ihr Männer habt uns die Kinder an den Hals gehängt wie harte Holzstücke, in denen die Rinder geführt werden, damit wir stillehalten und zahm sind, damit ihr uns besser melken könnt und besser besteigen. Deshalb töte ich sie, damit eine neue Frau auf die Welt kommen kann!"
Das ist natürlich eine Allegorie, ihr Frauen, und bedeutet nicht, daß wir Euch in diesem Stück auffordern, nach Hause zu gehen, und Euren Kindern den Hals abzuschneiden. Oh nein!
Dieses Stück ist wirklich außergewöhnlich. Ich lob das so, weil weder Dario noch ich irgend etwas hinzugefügt haben. Wir haben es wiederentdeckt und stellen es Euch vor.
Es wird in einer alten Sprache, in einem mittelitalienischen Dialekt gespielt.
Ich spiele seit meinem achten Lebenstag, ich stamme aus einer Schauspielerfamilie, damals lag ich im Arm meiner Mutter, als Sohn der Genofeva von Brabant. Dieses erste Mal hatte ich nicht viel Text... Nun gut, seit jenem Tag habe ich Hunderte von Rollen gespielt, aber die Medea nimmt mich jedesmal von neuem mit, trotz vierhundert und noch mehr Aufführungen.

Wir sind auf dem Marktplatz von Korinth, hier ist das Haus von Medea, die Frauen aus dem Volk, der griechische Chor versuchen Medea dazu zu bewegen, daß sie aus dem Haus kommt und sich in ihre Situation als verstoßene Frau fügt. Ich mag dieses Stück sehr, und jeden Abend widme ich es den jungen und den nicht mehr jungen Frauen im Publikum.
Ich fange an.

6. Szene
Medea

Herbei! Kommt herbei! Zu Hilf! Denn eingeschlossen im Haus mit ihren zwei Söhnen hat sich Medea, und schreit wie verrückt! Von Sinnen ist sie ganz wie ein Tier, und ohne Vernunft. Wie von der Tarantel gestochen scheint sie, die Augen quellen ihr aus dem Kopf! Verrückt ist sie vor Eifersucht, will nicht begreifen, daß Jason, ihr Mann, mit einer jüngeren Frau zusammenlebt. Sie sieht nicht ein, daß sie ihr Haus verlassen, ihre Kinder hergeben muß. Medea will keine Vernunft annehmen.
Medea, Medea! Komm an die Pforte, ich muß mit dir reden. Hör mir zu, Frau, und nimm Vernunft an. Denk lieber an deine Kinder, statt nur an dich zu denken! In einem besseren Hause werden sie wohnen, dank dieser neuen Heirat. Feinere Kleider werden sie tragen, stets Brot auf dem Tisch, einen angesehenen Namen erhalten, und den Respekt aller bedeutenden Bürger genießen, dank ihrer neuen Familie! Denn im Hause des Königs werden sie wohnen!
Aus Liebe zu deinen Kindern mußt du dich opfern, Medea!
Du solltest denken wie eine würdige Mutter, nicht wie eine hochmütige Frau...
Füge dich, deinem Blut, deinen Kindern zuliebe.
Nein Medea, niemand hat dich beschämt und beleidigt, denn dein Mann spricht von dir voller Ehrfurcht. Sagt er nicht, daß niemand seinen Söhnen sowie ihm selbst gegenüber so viel Liebe gezeigt habe, wie du. Immer wird er deiner gedenken...
So sprich, Medea! Was ist? Antworte! Öffne die Tür, du mußt mit uns reden. Auch wir haben geweint, und das gleiche Schicksal erlitten wie du! Wir haben Verständnis für dich. Auch uns haben die Männer viel Unrecht zugefügt.

Macht Platz, Medea zeigt Einsicht und erscheint an der Pforte. Da ist sie! Gott im Himmel, wie ist ihr Antlitz so blaß, so weiß ihre Hände, als sei alles Blut aus ihr gewichen.
Geht doch und stützt sie, daß sie nicht fällt... Komm, setz dich, Medea.
Macht Platz, ihr Frauen... laßt mich Atem schöpfen.
Still, still, mir scheint, sie will etwas sagen. Sprich, Medea, wir lauschen. Gebt ihr zu trinken, denn ihr Mund ist trocken vom Weinen und Schreien. Nun sprich, Medea, erzähle uns alles, das wird dich erleichtern...
Ihr Frauen, meine Freundinnen, sagt mir, wie ist sie, die neue Frau meines Mannes? Nur einmal sah ich sie kurz aus der Ferne, doch schön und jung schien sie mir.
Oh glaubt mir, auch ich war jung und lieblich, als mein Mann mich das erste Mal sah. Das schwarze Haar trug ich lang, meine Haut war weiß und die Brust straff, mein Hals war ganz ohne Falten, die Hüften glatt und der Bauch straff und so klein, daß man ihn über dem Gewand nicht spürte... mein ganzer Körper so zart, daß die Hand meines Jason zitterte, als er mich liebte, weil er Angst hatte, mich zu verletzen, als sei es ein Frevel.
Alle haben wir diese Zeit gekannt, Medea, doch sie ist vorbei. Das ist das Geschick von uns Frauen: Daß unsere Männer sich neues Blut und frisches Fleisch suchen. Das ist seit je in der Welt Gesetz!
Was ist das für ein Gesetz, Frauen, von dem ihr sprecht? Ein Gesetz, das ihr, meine Freundinnen, erdacht, beschlossen und aufgeschrieben habt? Und mit Trommelschlag auf den Plätzen verkündet, um zu zeigen, daß es geheiligt sei. Die Männer... die Männer... gegen uns Frauen haben die Männer dieses Gesetz erdacht, unterzeichnet und dann geheiligt. Heilig gemacht durch den Namen des Königs!
Nein, Medea, das ist die Natur. Es ist natürlich, daß der Mann langsamer altert, daß er mit der Zeit reift, und wir Weiber welken. Wir Frauen verlieren die Form und verblühen, der Mann wird reifer und weiser. Unsere Macht geht verloren, die seine nimmt zu. Das ist seit ewig Gesetz!
Ihr Unglückseligen! Jetzt begreife ich, Ihr Frauen. Der

größte Gedanken, den je ein Mann hatte, sich zum Vorteil, ist eure Erziehung nach seinem Gesetz. Ihr wiederholt nur seine Lektion und seid es zufrieden, demütig kniet ihr, und lehnt euch nicht auf!

Wir uns auflehnen? Sieh nur, Medea, wie du beharrlich den König und sein Gesetz beleidigst... Beruhige dich, und erbitte Verzeihung, dann erlaubt dir der König zu bleiben.

Bleiben... alleinbleiben, in diesem Haus allein wie eine Tote. Ohne Stimmen, ohne ein Lachen, ohne die Liebe der Kinder oder des Mannes, die ihre Feste feiern, noch ehe sie mich begraben haben. Und ich soll schweigen, zum Wohl meiner Kinder? Welch infame Erpressung!

Frauen, meine Freundinnen ihr, schrecklich ist der Gedanke, der sich mir in Herz und Verstand festgesetzt hat, daß ich meine Kinder ermorden muß. So wird man sich meiner erinnern als entmenschte Mutter, die der Stolz zum Wahnsinn trieb. Doch besser, in der Erinnerung weiterzuleben als ein wildes Tier, denn vergessen zu werden wie eine gezähmte Ziege, die man melken und scheren kann, die man verachtet und dann zu Markte trägt, ohne daß man ein Blöken hört. Ich muß meine Kinder töten!

Sie schreit, als ob sie Leute herbeiruft: Herbei, eilt herbei! Medea ist von Sinnen und außer sich vor Raserei! So wie sie spricht keine Mutter, nur eine Hexe und Hure, eine räudige Hündin!

Nein, meine Schwestern, ich bin nicht von Sinnen... gedacht und nachgedacht hab ich, und dann den Gedanken verworfen... hab mir in die Hand gebissen, meinen Arm mit Steinen geschlagen, um ihn zu brechen, damit er meine Kinder mit dem Eisen nicht verletzen kann... dachte erst, mir das Leben zu nehmen. Denn ich kann nicht ertragen, daß man mich fortjagt aus meinem Haus, aus diesem Land vertreibt, auch wenn es mir fremd ist. Daß man mich auf einen Wagen lädt und fortschafft, wie eine räudige Hure. Daß auch ihr mich verabscheut, weil ich euch lästig bin: Daß ihr mich meiden werdet als eine klagende Frau, die verraten wurde! Wenn ich erst fort bin, werden mich alle, auch meine Kinder, vergessen. Als ob keine Mutter sie je geboren hat. Und auch Medea

wurde niemals geboren, niemand hat sie geliebt, nie hat sie jemand in einem Bett umarmt und geküßt. Medea war tot, bevor sie geboren wurde! Wenn jedoch wahr ist, daß ich schon tot bin und begraben, wie könnte ich mich dann noch einmal töten? Leben will ich! Und lebendig sein kann ich nur, wenn ich sie sterben lasse, mein Leben, mein Fleisch und Blut, meine Kinder.
Aaah, eilt herbei, ihr Bürger der Stadt! Bringt lange Stricke, um eine wahnsinnig gewordene Mutter zu fesseln! Ein Dämon hat von ihrer Zunge Besitz ergriffen, spricht aus ihr gemeinen Verrat!
Weicht zurück, ihr Frauen! Mit dieser Forke spieße ich jeden auf, der mich zu berühren versucht!
Flieht, Leute, flieht, Medea ist außer sich. Flieht... Schweigt! Bleibt stehen! Medeas Mann kommt, Jason. Macht Platz, er weiß, wie er umgehen muß mit seinem Weib. Laßt ihn durch.
Sieh nur, Medea, beruhige dich, dein Mann Jason ist da.
Jason, welch ein zarter Gedanke kam dir, deine süße Braut zu verlassen, und zu mir zu kommen! Oh, was schaust du so ernst drein, warum der heftige Schritt, dein Blick ist voll Ärger.
Setz dich. Gräme dich nicht. Es ist nur ein Spaß, ich spiele die Wahnsinnige, damit sie herbeieilen und rufen und dann über mich lachen. Denn ich muß mir die Zeit vertreiben. Nun bin ich weise. Ich habe mir alles gut überlegt und bin zur Vernunft gekommen. Töricht war ich und anmaßend, dich ganz für mich zu behalten, für immer. Mein Zorn war unsinnig, meine Eifersucht beschränkt, denn du weißt, die Frau ist schwach von Natur, und leicht zu erzürnen vor Jammer und Neid. Oh Jason, vergib mir, daß ich nur an mich dachte. Weise warst du, dir neue Jugend zu verschaffen für ein neues Bett, und frisches Leinen, und bedeutende Bürger erwirbst du als neue Verwandte... auch für mich, denn sie werden auch meine Verwandten. Das macht mich zufrieden. Verzeih mir, dann will ich zu deiner Hochzeit kommen. Will dir das Bett mit frischem Leinen und duftendem Enzian bereiten, und der jungen Braut mehr lehren als eine Mutter es könnte, damit du zufrieden bist, wenn du liebst... Bist du nun überzeugt, daß ich

wieder vernünftig bin?
Jason! Wenn ich bedenke, daß ich dich einen Verräter nannte! Nie ist der Mann ein Verräter, der nur die Frau wechselt, und die Frau muß zufrieden sein, daß sie Mutter wird, denn das ist für sie die höchste Ehre. Ich aber hielt es für eine gemeine Erpressung durch euer Gesetz, daß ihr Männer uns auswechseln könnt... und den Käfig, in dem ihr uns gefangen haltet, für schändliche Niedertracht! Um uns Frauen besser unten zu halten, hättet ihr uns Kinder an den Hals gehängt, uns angekettet in Holzstöcken wie die Rinder, damit wir stillehalten, wenn wir gemolken werden, und um uns besser zu besteigen!
Oh Jason, solche Verrücktheit hab ich gedacht... und ich denke sie immer noch! Ich will diesen Käfig zerbrechen und diesen schändlichen Stock, deine gemeine Erpressung! Gefesselt hast du mich an die Söhne mit deinen Gesetzen und begraben.
Hört, ihr Frauen, wie ich atme. So groß ist mein Atem, daß ich die Luft der ganzen Welt einatmen könnte mit einem Atemzug.
Meine Kinder müssen sterben, um dich, Jason, und deine schändlichen Gesetze zu stürzen! Bewaffnet mir die Hand, ihr Frauen, verzweifelt stoß zu mit dem Eisen, Medea, in das zarte Fleisch deiner Kinder... ihr süßes Blut strömt hervor... Vergiß, mein Herz, daß sie aus deinem Fleisch sind, aus deinem Blut. Zittere nicht, wenn sie schreien: Mutter, halt ein, Mutter, Gnade! Und vor der Pforte die Menge schreit: Bestie! Hündin! Entmenschte Mutter!
Weinend werde ich bei mir sprechen *Sehr leise:* Stirb! Stirb, um eine neue Frau auf die Welt zu bringen... *Mit sehr lauter Stimme:* Eine neue Frau!
Der Schlußlaut verwandelt sich in einen Ton, der verhallt, wenn das Licht ausgeht.

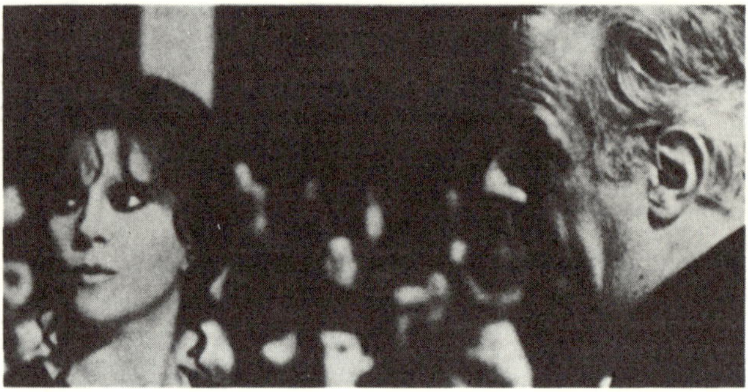

Renate Chotjewitz-Häfner
Franca Rame und Dario Fo*

Sprechen wir von Frauen

Im Frühjahr 1979 ist Dario Fo's Popularität auf einem Höhepunkt angelangt, den man sich in der Bundesrepublik nur schwer vorstellen kann. Schon im Frühjahr 1977 nannte ihn die römische Tageszeitung „La Repubblica" den größten europäischen Komiker. Von 1975 - 1977 hatte Dario Fo bei seinen Tourneen mit seinem bekanntesten Stück, dem „mistero buffo", anderthalb Millionen Zuschauer, davon allein in Mailand 25 000, in Turin 14 000 und bei Vorstellungen in Rom innerhalb von 20 Tagen 150 000. Seit 1977 im zweiten Kanal des staatlichen Fernsehens (RAI) 14 Fernsehaufzeichnungen seiner Stücke liefen, kennen ihn die Kinder auf der Straße in Neapel genauso wie die italienischen Kellner in Frankfurt. Es war dies der erste Auftritt von Franca Rame und Dario Fo im Fernsehen, nachdem der christdemokratische Fernsehdirektor Bernabei (ein Mann Fanfanis) sie 1962 mit seinem Bannstrahl getroffen, und das heißt mit Auftrittsverbot bestraft hatte.
Der Erfolg der Fernsehübertragungen übertraf alle Erwartungen. Schon mit der zweiten Ausstrahlung lagen die Einschaltquoten über denjenigen bei Sendungen populärer Quizmaster oder der Krimis von Durbridge. Der Vatikan war hieran nicht unwesentlich beteiligt. Gleich nach der ersten Folge von „mistero buffo" meldeten der „Osservatore Romano", der Direktor des Pressebüros des Heiligen Stuhls und Kardinalvikar Poletti ihre Empörung an. Der Kardinal kabelte an Ministerpräsident Andreotti persönlich:
„Zugleich im Namen zahlloser Bürger und römischer Organisationen drücke ich Schmerz und Trauer wegen entweihender und kulturloser Fernsehübertragung mistero buffo – Dario Fo aus sowie tiefe Demütigung wegen unvorstellbarer Vulgarität in öffentlicher Über-

* Vorwort zur deutschen Erstausgabe von „Nur Kinder, Küche, Kirche" 1979

tragung, die die italienische Nation vor aller Welt erniedrigt."

Die Szenenfolge „Parliamo di donne" (Sprechen wir von Frauen) wurde an zwei Abenden ausgestrahlt. „Parliamo di donne" war ein Versuch, Texte mit historischen und erfundenen Frauengestalten, die alle von Franca dargestellt werden, dem Fernsehpublikum vorzustellen. Die sieben Szenen, die mir im Drehbuch vorliegen, sind durch Lieder, Chöre und Zwischentexte miteinander verknüpft, in denen begründet wird, weshalb die Fernsehserie auch ein Stück enthalten muß, das von Frauen handelt:

Weil es ein Auftrittsverbot für Frauen gab und gibt, sei es auf dem Theater, sei es in der Öffentlichkeit, und weil kirchliche Institutionen und Maximen eine Unterdrückung der Frau hervorgebracht haben, die bei der Schöpfungsgeschichte beginnt und beim Fruchtbarkeitsmythos und Mutterkult endet:

„Wir Männer herrschen in der Kunst / weil wir uns ausdrücken können / weil wir die edleren Wesen sind / sind edel, weil wir Männer sind."

Das Drehbuch verrät die Eile, in der es zusammengestellt wurde – wohl auch, weil Franca und Dario erst in letzter Minute erkannten, daß die Fernsehsendung, an der sie arbeiteten, das ideale Medium war, zu einem massenhaften Publikum über die Probleme von Frauen zu reden. Drei Szenen sind teilweise überarbeitete Textfragmente aus früheren Stücken: Die „Ballade von Michele lu lanzone" aus „Der Arbeiter kennt 300, der Unternehmer 1000 Worte, deshalb ist er der Unternehmer", geschrieben 1969/70; „Der Webstuhl" ist ein Teil von „Legst du mir auch Ketten an, ich werde sie doch zerschlagen"; „Mamma Togni" stammt aus dem 73/74 entstandenen „Volkskrieg in Chile". Nur die restlichen vier Szenen wurden eigens für die Sendung verfaßt. Sie sind bisher, mit Ausnahme von „Das Erwachen", nicht im Theater aufgeführt worden. Drei der Szenen von „Parliamo di donne" waren Monologe.

„Mamma Togni", „Michele lu lanzone" und „I piatti" („Die Teller") sind, zusammen mit anderen „Frauenszenen“ aus früheren Stücken, enthalten in dem Band „Tutta casa, letto e chiesa“, der 1978 bei Bertani in Verona erschienen ist.

Die Entscheidung, „Parliamo di donne“ nicht auf dem Theater aufzuführen – so unterhaltsam wie politisch die einzelnen Szenen auch sind – wurde sicher beeinflußt von der Kritik, die aus der Frauenbewegung gekommen ist. Sei es der Exkurs über die Frauenfabrikarbeit in „Die Gummipuppe“ oder die abermalige Kritik an der „Wegwerfgesellschaft“ in dem Stegreifstück „Die Teller“ – von den spezifischen Problemen der Frauen ist nur am Rande die Rede. Bei dem ersten Stück wiederum, das von Abtreibung handelt, ist das Thema zwar äußerst komisch, aber unangemessen verarbeitet worden. Dennoch stand schon diese Serie deutlich unter dem Eindruck der verschiedensten Versuche, ein eigenständiges Frauentheater, ein feministisches Theater zu entwickeln.
„Tutta casa, letto e chiesa“, Nur Kinder, Küche, Kirche, wurde im Dezember 77 in Mailand uraufgeführt. Die neun unter diesem Titel veröffentlichten Szenen* zeigen Personen, die jeder kennt: Frauen, die guten Grund haben, sich aus Abhängigkeit und Unterdrückung zu befreien.

Mit und ohne Dario

Im Frühjahr 1979 reise ich nach Italien, um mir das Stück anzuschauen und Franca Rame Fragen zu stellen.

„Die Idee eines Schauspiels über die spezifischen Lebensbedingungen von Frauen hatte ich schon ewig im Kopf“, sagt sie. „Warum? Weil ich eine Frau bin. Weil ich soviele Dinge darüber zu sagen hatte, soviel Zorn in mir

* Anm.d.Ü.: Meine Bemerkungen zu den einzelnen Szenen, auch die zur dritten, verbesserten Auflage, beziehen sich auf die ursprüngliche Reihenfolge der alten Rotbuch-Ausgaben von „Nur Kinder, Küche, Kirche“: 1. Das Erwachen, 2. Eine Frau allein, 3. Mamma Hexe, 4. Wir haben alle die gleiche Geschichte, 5. Medea, 6. Monolog der Nutte… 7. Es geschah morgen, 8. Ich Ulrike, schreie… 9. Alice im Land ohne Wunder.

spürte, der ausgedrückt werden mußte. Das Problem ist, daß ich nicht fürs Theater schreiben kann, und es gibt nicht viele Texte zu diesem Thema, also habe ich abgewartet." (Interview mit Franca)
„Ich habe dann sämtliche Bücher gekauft, die zu dem Thema verfügbar sind, und Dario hat sie gelesen bis zur letzten Seite. Nach zwei Monaten habe ich gefragt, also, wie steht es mit dem Text, und er antwortete mit einer eigenartig spitzen Stimme: Laß mich in Ruhe. Ich fühle mich frustriert." (Aus der Vorrede von Franca zur Aufführung.)
„Es ist kein Text, der große theoretische Ansprüche stellt insofern, als er eine bestimmte feministische Thematik fortführen würde, sondern er greift einen Teilaspekt heraus, die sexuelle Knechtschaft der Frau. Das heißt, er will diese Thematik verbreiten und bekannt machen, und nicht etwa nur bei Frauen ein ihnen noch fehlendes Bewußtsein wecken, sondern die Aufführung richtet sich ausdrücklich auch an Männer." (Interview mit Franca)

„Ohne Dario Fo fühle ich mich frei".
(Überschrift einer Kritik des Stücks im „L'eco di Padua")

Um die Bedeutung des Stücks für Franca einzuschätzen, ist ein Rückblick auf ihre bisherige Arbeit mit und für Dario Fo erforderlich. „Wir sprachen lang und breit über dieses Stück. Und schließlich leben wir ja seit 25 Jahren zusammen, das heißt, er hatte einiges begriffen ...", sagt sie zu mir. Schon zu Beginn der 50er und 60er Jahre stand sie mit ihm in populären Unterhaltungsprogrammen der RAI, wie Canzonissima, auf der Bühne. Canzonissima ist ein alljährlich stattfindender Schlagerwettbewerb, der mit einer Lotterie verbunden ist. Es gibt fast kein Theaterstück von Fo, das nicht eine weibliche Rolle enthielte, die speziell für Franca geschrieben wurde.
Genauso entscheidend für das reibungslose Funktionieren der Theaterarbeit von Fo und dem Theaterkollektiv „La Comune" (siehe Rotbuch 166 und 188) war Francas ständige Arbeit „hinter den Kulissen". Sie be-

treut sowohl Büro und Archiv als auch Vorstellungen, bis hin zur Kontrolle von Beleuchtung und Mikrofonen, von Ausstattung und Utensilien und zum Verkauf der Mitgliedskarten. Vom Schreibtisch aus kümmert sie sich um Pressekonferenzen, führt unzählige Telefongespräche, organisiert den Mailänder „soccorso rosso“ (Rote Hilfe); sie empfängt politische Gruppen oder Fabrikdelegationen, die sich von Dario und Franca ideologische und finanzielle Unterstützung erhoffen. Den gemeinsamen Haushalt für Dario, ihren Sohn sowie Gäste dirigiert sie, wenn sie nicht mit Probenarbeit oder Gastspielen in Italien und im Ausland unterwegs ist.

Mit „Tutta casa, letto e chiesa“ steht Franca zum erstenmal einen Theaterabend lang – gut und gern drei Stunden – ohne Dario auf der Bühne. Schon wenige Wochen nach der Uraufführung mußte sie die Aufführungen wegen eines Autounfalls für Monate unterbrechen. Heute trägt sie auf der Bühne eine Hebelkonstruktion, um den noch halb gelähmten linken Arm und die Hand bewegen zu können. Seit Herbst 78 gastiert Franca mit dem Stück in Norditalien – Turin, Treviso, Mestre, Padua, Veruna u.a. – danach in Rom und schließlich im Januar 79 in Apulien. Wir trafen uns in Matera.

Nur Kinder, Küche, Kirche

Die neun Szenen sind allesamt Monologe: die Szenen 6 „Monolog der Nutte in der Heilanstalt“ und 9 „Alice im Land ohne Wunder“ sind noch nicht aufgeführt worden. „Es geschah morgen“ und „Ich, Ulrike, schreie“, die sich auf Vorfälle in der Bundesrepublik beziehen, schrieb Dario aus aktuellem Anlaß 1976 bzw. 1977 nieder. Sie wurden bisher ausschließlich bei großen politischen Kundgebungen aufgeführt, so in Bologna, beim Antirepressionskongreß im September 77, vor 11 000 Zuschauern.

Im Mai 1977 druckte das Wochenmagazin „Panorama" die 8. Szene ab, zusammen mit einem Interview mit Dario, in dem er sagt: „Für mich ist Ulrike Meinhof vor allem eine Kommunistin, die bis zum letzten den Schrecken einer Gesellschaft ohne Hoffnung, nämlich der deutschen, begriffen hat ...
Der Monolog ist eng mit der deutschen Situation verknüpft und will in keiner Weise ein Votum zugunsten italienischer Gruppen sein, wie der Roten Brigaden, der NAP oder der P 38, die in einem Land mit einer starken und organisierten Arbeiterklasse durch ihre isolierten Aktionen über deren Kopf hinweg handeln. So etwas begünstigt nur die Reaktion."
Das Stück über Irmgard Möller steht in engem Zusammenhang mit Francas Engagement für die Rote Hilfe und Darios Interesse für die Ursache der nach wie vor ungeklärten Stammheimer Todesfälle. So reiste er im Spätherbst 77 in die Bundesrepublik, u.a. nach Stuttgart, wo er auch an den Sitzungen der parlamentarischen Untersuchungskommission teilnahm und vergeblich versuchte, Irmgard Moeller zu besuchen. Darios Exkurs in West-Berlin und Hamburg über die bewundernswert großen Ärsche der Verteidiger, in denen sie wohl die Schußwaffen in die Haftanstalt geschmuggelt hätten, wurde von unserer bürgerlichen Presse ebenso unterschlagen wie das jüngst in Paris abgegebene Schlußgutachten der Untersuchungskommission zum Tode von Ulrike Meinhof.

Aus „Parliamo di donne" wurde für das Theater nur der „Monolog des Erwachens" übernommen. Dario hatte bei dieser Szene die undankbare Aufgabe, als ausgepowerter Ehemann der Arbeiterfrau schweigend im Bett zu liegen, was er mit Bravour erledigte. „Das Erwachen", das ursprünglich den Auftakt von Francas Vorstellung bildete, wurde später aus Zeitgründen gestrichen.

Die Szenen 2 - 5 liegen hier in einer vom italienischen Drucktext stark abweichenden Fassung vor. Entsprechend der Arbeitsweise von Franca und Dario wurde

das Stück während der Proben und Aufführungen verändert und aktualisiert. Dazu Franca:
„Ich habe 20 Tage jeweils mehrere Stunden geprobt, die Figuren abgeändert, hinzugefügt und weggenommen. Dann haben wir eine Anzahl offene Proben gemacht, in denen das Schauspiel mit den Frauen einer besetzten Fabrik diskutiert wurde. Die Vorstellung war jeden Abend überfüllt. Da waren sowohl feministische Genossinnen da als auch Arbeiteravantgarden, und jede brachte einen Beitrag. Sie vertraten nie einen destruktiven Standpunkt, sondern ihre Ratschläge kamen aus dem Willen heraus, uns zu helfen." (Interview mit Franca)
Die Raffungen und Änderungen, die mir bei der Aufführung auffielen, sind allesamt schlüssig. In der zweiten Szene werden beispielsweise die Belästigungen der Frau durch den kranken Schwager weniger ausgespielt, dafür gibt es drastische Ergänzungen zum Thema Sex in der Ehe. In die vierte Szene sind aktuelle Hinweise zur Handhabung des § 194 (d.i. unser § 218 StGB), zur „Gewissensverweigerung" von Ärzten und Krankenhauspersonal bei Abtreibungen usf. eingefügt worden.

Wie reagiert das Publikum auf das Frauenstück? Gibt es Unterschiede in der Aufnahme zwischen Groß- und Kleinstädten, zwischen Nord- und Süditalien?
„Das Publikum hat auf das Stück unglaublich reagiert. Überall mußten wir die Aufführungstermine verlängern, in Rom mußten wir statt einer Woche, wie vorgesehen, drei Wochen spielen.
Mir scheint, in Mailand, bei der Sonntagnachmittagsvorstellung, nimmt das Publikum das Stück am besten auf. Zum Beispiel beim vierten Stück hatte ich ein eigenartiges Echo, ich hörte großartige Lacher von der Tribüne, ausführliches Gelächter von Frauen. Es behandelt die sexuellen Beziehungen zwischen einem Mann und einer subalternen Frau. Manche sagten zu ihrem Nachbarn: Erkennst du dich wieder, du Trottel? Über dieses Stück lachen die Frauen genauso wie ihre Männer. Bloß daß deren Lachen nichts Menschliches mehr hat, es ist ein angestrengtes Lachen, sie werden rot, und sagen, ich la-

che, weil ich nämlich ganz anders bin als der da auf der Bühne." (Aus der Vorrede von Franca zur Aufführung.) „Das Publikum lacht, nicht weil es dumm wäre, sondern weil es vorbereitet ist, aufmerksam, und weil es sich wiedererkennt. Es sagt nicht: Wir hören mal, was die sagen, und dann prüfen wir das. Sondern was du ihnen gibst, das diskutieren sie unter sich. Das Gelächter, das in Mailand kam, ist gestern in Bisceglie gekommen und davor in Foggia und Bari, und ich wünsche mir das gleiche für heute abend." (Interview mit Franca)

Franca in Matera

In Matera erlebe ich die vorläufig letzte Aufführung von „Tutta casa, letto e chiesa" auf dem süditalienischen Festland. Matera ist Provinzhauptstadt in der Basilicata, hat 50 000 Einwohner und liegt etwa 50 km entfernt von Metapont und vom Jonischen Meer.
Ich will hier nicht beschreiben, wie umständlich und mühsam eine Reise in den Süden mit öffentlichen Verkehrsmitteln ist. Für die letzten 30 km gibt es einen Bus, der die Fabriken im Tal abklappert und gut und gern anderthalb Stunden braucht. Dem Touristen ist der seit der Altsteinzeit besiedelte Ort vor allem wegen der Stadtviertel bekannt, die in die Felswände gehauen sind. Im Reiseprospekt wird Matera als landwirtschaftliches Zentrum angepriesen. Seit meiner letzten Reise in diesen südlichsten Zipfel Europas vor 10 Jahren ist hier viel Wirtschaftshilfe spurlos versickert. Die verkarsteten, baumlosen Hügel mit ihren trockenen Rinnen, die steinreichen Felder sind so bedrückend wie damals. Man erzählt mir, daß auch in der letzten Erntesaison auf dem Hauptplatz von Matera frühmorgens nur die kräftigsten Tagelöhner der Zone von den Gutsverwaltern angeworben wurden.
Gegen 16 Uhr parkt der Kleinlaster der Mailänder Commune mit den Kulissen, den Technikern und der einzigen Schauspielerin vor dem größten Kinosaal des Ortes. Die Kulissen, drei oder vier türähnliche Stellwände, werden aufgebaut, die Lautsprecher ausprobiert. Fran-

ca Rame, die von Theaterkritikern gern als Primadonna bezeichnet wird, sitzt jetzt im Hintergrund der Bühne in einem Verschlag, schminkt sich und gibt mehreren Jugendlichen für das Programm eines der 5 (!) ortsansässigen freien, und das heißt nicht staatlichen Rundfunksender ein Interview. Zwischendurch bringt ihr eine Freundin aus der nächsten Bar Kaffee und ein belegtes Brötchen. „Ausgerechnet dich hier in Matera zu treffen!" ruft sie mir zu. Sie gibt lebhaft und entschieden Antwort, obgleich man spürt, daß ihr die Fragen nicht neu sind.
Welche Bedeutung hat das Stück für Franca Rame?
„Schon im Fernsehen habe ich weibliche Charaktere dargestellt. Ich hatte regelrecht Lust, sie zu spielen, weißt du, weil ich bei der Arbeit mit Dario zusammen immer unweigerlich an die Wand gedrückt werde. Warum soll ich es verschweigen, ich brauchte auch persönlich eine Befriedigung; und mit diesem Schauspiel fühle ich mich ausreichend verwirklicht."
Besonders nahe, sagt sie, stehe ihr die von Dario im toskanischen Dialekt neu gefaßte „Medea" nach Euripides, die den Abschluß der Aufführung bildet.
„Die Medea erweckt jedesmal, wenn ich sie spiele, viel Emotion in mir. Für mich ist die Medea das wichtigste Stück. In der Medea gibts keine Lacher, da herrscht ein Schweigen, das du mit dem Messer schneiden kannst. Das ist hochdramatisch. Wir halten den Text für unentbehrlich, es ist von der Problematik her der beste und schönste, er läßt am Schluß die neue Frau auf die Welt kommen."
Über „Eine Frau allein" sagt sie in unserem Gespräch: „Die ‚donna sola' mag für unsereins überholt sein, aber für das große Publikum, für die proletarischen Frauen, die Hausfrauen, ist es ein unheimlich wichtiger Monolog. Meiner Meinung nach ist die italienische Frau weder befreit noch emanzipiert. Die Avantgarde weiß alles, aber die Masse der Frauen weiß noch nicht, wie sie sich befreien soll. Hier triffst du jeden Tag einen, der dir den Hintern betatscht, also muß man da immer draufhauen, es ist notwendig, das zu wiederholen, bis das nicht mehr vorkommt. Oder zum Beispiel die Stelle

mit der Hausfrau, die den Fernet trinkt, um zu vergessen oder den Ekel zu überwinden, das ist vorhanden, das ist konstant da in der Realität."

Anderthalb Stunden vor Beginn der Vorstellung sind die 1 500 Karten ausverkauft, die Zuschauer strömen in den Saal und fangen an, die besten Plätze zu belegen. Eine Stunde später ist der Saal gerappelt voll. Ganze Familien sind gekommen. Vor mir sitzt eine Reihe 13 - 14 jähriger Mädchen, ich sehe aber auch viele südländisch wirkende Männer mit Baskenmützen. Das feministische Kollektiv von Matera scheint auf der Empore zu sitzen. In der Pause schnappe ich auf, daß der Ortsverein der KPI geschlossen angetreten ist.

Nun tritt Franca auf die Bühne und beginnt zu erzählen, weshalb sie diesen Text spielt, wie er entstanden ist, was er beinhaltet. Sie flicht persönliche Erlebnisse ein und daß sie zum erstenmal im Alter von acht Tagen auf der Bühne stand, vielmehr im Arm ihrer Mutter lag, als Kind der Genofeva von Brabant. Franca Rame stammt aus einer berühmten Wanderschauspielerfamilie. So hat sie die Kunst des Stegreifspielens erlernt, hat gelernt, das Publikum vor dem Beginn der Vorstellung aufnahmebereit zu machen. Sie streift sich einen Morgenmantel über und beginnt mit dem Spiel, indem sie Haltung und Sprachgestus verändert.

„ ... der erste Text handelt von einer Person, die wir sehr gut kennen, weil wir alle einsame Frauen sind, die klassische Hausfrau, die in ihrer Familie aufgeht und der das wichtigste fehlt: Respektiert und behandelt zu werden wie eine Person, als Individuum, und nicht nur für bestimmte Dienste benutzt zu werden, im Bett oder im Haushalt. Es ist eine banale Person, die sich so und so anzieht, die niemand hat, mit dem sie sprechen könnte, eine verzweifelte Person, die mehrfach versucht hat sich umzubringen, auch wenn wir über das, was sie sagt, lachen müssen. (...) Die Szene endet mit einer grotesken Lösung, die zu imitieren ich die heute anwesenden Frauen warne ... "

Aufgrund ihres persönlichen Engagements als Schauspielerin, die einen von ihr selbst initiierten und mitverfaßten Text vorträgt, ist Franca extrem abhängig von der Bereitschaft des Publikums, mitzudenken und sich beeindrucken zu lassen. Drei Stunden lang tobt, redet, schreit, weint und lacht sie allein über die Bühne. Nach Schluß der Vorstellung fordert sie die Leute auf, für die Rote Hilfe zu spenden. Das Publikum verläuft sich schnell; um diese Zeit hat in Matera kein Cafe mehr geöffnet. Die Kulissen werden eingepackt. Franca lächelt müde. Sie fährt heute abend noch nach Bari, von Bari aus nach Mailand, legt dort eine Woche Pause ein und beginnt dann mit Vorstellungen in Sizilien. Palermo wird die erste Station sein. Ich verlasse das Kino als letzte Zuschauerin. Draußen überkleben gerade zwei Männer das Plakat von heute; „Tutta casa, letto e chiesa“ macht einem Pornofilmplakat Platz.

„Wir vom feministischen Kollektiv Matera“, stand auf dem Flugblatt, das in der Pause verteilt wurde, „finden es wichtig, hier eine Aufführung vorzustellen, deren zentrales Thema die Frau ist, (...)
weil es in Matera kein Frauentheater und kein Theater für Frauen gibt (...)
weil unsere Realität nicht viel Gelegenheit bietet, das Problem Frau in Angriff zu nehmen und darüber nachzudenken,
und weil wir selbst Schwierigkeiten haben, unsere Inhalte, die wir seit Jahren vertreten, bekannt zu machen, weil uns eine gesellschaftliche Realität gegenübersteht, die noch stark in einem traditionellen Schema verankert ist.“

Zur Aktualität der italienischen Frauenbewegung

Im Frühjahr 79 wird dem italienischen Feminismus angedichtet, er sei in der Krise, ja in Auflösung begriffen. Seit Jahren schon bemühen sich die Massenmedien, ihn als lediglich folkloristisches Element zu verharmlosen. Der Tenor jetzt: Einige tausend Frauen, überwiegend Studentinnen und Schülerinnen, die die Lust am Demonstrieren ergriffen hatte – diese Frauen mit den ge-

blümten Flatterröcken, den Löckchen, den Holzpantinen – sind müde geworden; ihre Energie ist verpufft.
Im Frauenhaus in Rom, in der Via del Governo Vecchio, das vor zwei Jahren von den Frauen besetzt wurde, wird dieses Vorurteil als Versuch betrachtet, die Unruhe und den Wunsch nach Veränderung, die breite Schichten der italienischen Frauen ergriffen haben, zu bagatellisieren, weil sie zutiefst unbequem sind. Der Feminismus ist in Italien heute, im Frühjahr 79, so präsent wie vor fünf Jahren.
Das riesige Gebäude, das anfangs nur ein ziemlich unübersichtlicher und ungeordneter Treffpunkt für Frauen war, beherbergt heute die aktivste Gruppe in Italien, mit über 80 Kollektiven, die allesamt funktionieren und sich mehrmals wöchentlich versammeln.
Es gibt die Redaktion von Radio Donna (Frauensender) und Quotidiano Donna (Frauenzeitung), Hausfrauenkollektive und juristische Kollektive. Ein Kollektiv arbeitet über Gewalt gegen Frauen; es gibt Sprachkurse, handwerkliche Kurse, Gitarrenkurse, drei Beratungsstellen (consultori) undsoweiter.
Natürlich wird keine Zeitung es für wert halten, darüber zu berichten, daß an dem Tag, an dem ich das Haus besucht habe, vor der Beratungsstelle im 1. Stock 60 Frauen warten.

An einem Samstag Anfang Februar bin ich Gast bei einer offenen Diskussion, die von der Frauenzeitung einberufen wurde und an der Kollektive aus ganz Italien teilnehmen. Aus den Beiträgen der Frauen ergibt sich in etwa folgende Linie:
Nach den Jahren der großen Mobilisierungskampagnen und den großen Parolen, um die sich die Selbsterfahrungsgruppen und Kollektive bildeten; nach den Versammlungen und nationalen Kongressen begann in den letzten Jahren ein neuer Abschnitt. Die Frauenbewegung tritt seltener an die Öffentlichkeit als früher, weil es nach der Verabschiedung des § 194 wenig Anlaß gab, auf die Straße zu gehen. Heute versuchen stattdessen zahlreiche Kollektive – auch in der Provinz – die Einhaltung des Gesetzes zu kontrollieren. So wird vom

Kollektiv der „Maddalena" (Rom), wo es jetzt auch eine Frauenbibliothek gibt, zur Zeit eine Liste der Ärzte erarbeitet, die die Abtreibung aus sogenannten „Gewissensgründen" verweigern, jedoch heimliche Eingriffe vornehmen, um in die eigene Tasche zu wirtschaften.
Die Vertiefung, Wertung und Analyse der geleisteten Arbeit ist für die Bewegung eine wichtige Phase. Der Mobilisierungsgrad der Frauen hat deshalb nicht abgenommen. „Mit der Arbeit, die geleistet wird, muß sich notgedrungen auch die Kampfform verändern", meint eine Genossin.
„Quotidiano Donna" hat gegen sämtliche Bischöfe, die an der letzten Bischofskonferenz teilnahmen, Strafanzeige erstattet. Begründung:
„Weil sie wiederholt haben, daß eine Frau, die abtreibt, exkommuniziert wird. Abtreibung sei ein Übel, das ausgerottet werden müsse, hat Kardinal Benello Weihnachten gesagt – und das ist in einem Land mit katholischer Tradition wirklich psychologischer Terror. Sie zwingen die Leute mit dieser Drohung, nicht dem Gesetz, nicht dem Staat zu gehorchen. Also haben wir sie angezeigt, weil sie die moralischen Wertvorstellungen der Katholiken mißbrauchen und mehrere Artikel des Strafgesetzbuches verletzen."
„Es ist nicht gut, daß wir erst solche Anlässe brauchen, um wieder auf die Straße zu gehen." Gemeint ist der faschistische Überfall auf das Hausfrauenkollektiv von Radio Donna im Januar dieses Jahres. Am nächsten Tag demonstrierten in Florenz und Turin 20 000 Frauen.
Wie stark das patriarchalische Establishment sich schon verpflichtet fühlt, „Solidarität" zu zeigen, kann man daraus ersehen, daß die römischen Frauen nach dem Attentat zusammen mit den Gewerkschaften vom (kommunistischen) Bürgermeister eingeladen wurden, um eine gemeinsame Demonstration zu veranstalten. Dazu kam es jedoch nicht. Die Frauen organisierten eine autonome Kundgebung, um ihre Unabhängigkeit von Parteien und Institutionen zu bekräftigen; 50 000 Frauen nahmen daran teil, obgleich die Demonstration erst im letzten Augenblick genehmigt wurde.

„Quotidiano Donna“ entstand im Mai 78, als alles rief, es ist aus. Seitdem erscheint die Frauenzeitung allwöchentlich am Samstag, mit einer verkauften Auflage von ca. 70 000 Exemplaren. Sie finanziert sich über Spenden und Abonnements.
Die 10 Frauen vom Redaktionskollektiv wollen den Leserinnen kein fertiges Produkt übergeben, also keine traditionelle Zeitung machen, die von Redakteurinnen ohne große Mitwirkung von außen erarbeitet wird; das heißt auch, ihre Artikel reflektieren ständig die Beiträge von Leserinnen.
Neben individuellen Erfahrungsberichten stehen Beiträge von Kollektiven; es gibt theoretische Artikel ebenso wie eine alternative Chronik und Information über Gesetze, Rechtsfragen, Kultur und die internationale Frauenbewegung.
Eine Redakteurin sagt:
„Wir wollen weg kommen von den Schlagwörtern und eine neue Sprache entwickeln! Die Zeitung wendet sich bewußt nicht an die intellektuelle Frau oder an die Frau, die schon in einer Gruppe mitarbeitet und vielleicht vier Zeitungen pro Tag liest. Vielmehr muß die Zeitung die Masse von Frauen erreichen, die viel größer ist als die Frauenbewegung. Sie will mit der Hausfrau von Caserta zusammenarbeiten, die vielleicht zum ersten Mal ihre Angst und Scham überwindet, und einen Brief an uns schreibt; die sich durch die Zeitung bestimmten Ideen annähert. Ihren Beitrag geben wir den Leserinnen weiter. Die Frau, die seit 10 Jahren in der Frauenbewegung militant ist, findet nichts Neues bei uns. Aber überall im Land, in den Kleinstädten und Dörfern entstehen Fermente von Feminismus, für die unsere Zeitung unentbehrlich ist.
Das ist ein revolutionäres Konzept, und es macht uns extrem abhängig von der Mitarbeit aller. –
Wir sehen uns als Vermittler zwischen den verschiedenen Tendenzen der Frauenbewegung, lehnen es jedoch ab, selbst eine Koordinierung herzustellen – obwohl gerade dies eine Erwartung ist, die in letzter Zeit von außen an Quotidiano Donna herangetragen wird.
Natürlich ist es schwierig, mit allen Frauen permanent

eine Diskussion über Inhalte und Ziele der Zeitung zu führen – schon weil uns die Mittel fehlen, um den Kontakt mit der Provinz zu intensivieren.
Für das Redaktionskollektiv stellt sich das Problem, die acht Seiten in Übereinstimmung mit unseren persönlichen Intentionen zu halten. Wir haben jede eine persönliche politische Tendenz, d.h. wir propagieren keine ideologisch einheitliche Linie, sondern ein Panorama der verschiedensten gegensätzlichen linken Positionen."

Feministisches Theater

Franca Rames Tournee scheint sich genau in das neue Konzept der italienischen Frauenbewegung einzupassen: Mobilisierung neuer Gruppen der Bevölkerung, Aufklärungsarbeit, Verzicht auf Schlagworte.
Ihre Vorstellungen werden zumeist von den örtlichen feministischen Gruppen organisiert, in kleineren Orten in Zusammenarbeit mit anderen Kulturinitiativen, von der Kommunistischen Partei bis zur Democrazia Proletaria, dem Wahlbündnis der politischen Linksopposition. In Rom übernahm eine Gruppe vom Frauenhaus die Verwaltung der Einnahmen, eine andere den allabendlichen Ordnungsdienst in den Kinosälen. Die Einnahmen aus den römischen Vorstellungen in Höhe von 9 Millionen Lire (ca. 23 000 DM) hat Franca dem Frauenhaus zur Verfügung gestellt.
„Angesichts des weitverbreiteten, schon beinahe chronisch zu nennenden Geldmangels von Frauen haben wir ihnen die 9 Millionen gegeben, für dringend notwendige Reparaturen und Restaurierungsarbeiten am Frauenhaus, denn die römischen Institutionen haben sie jahrelang nur vertröstet und mit Versprechungen abgespeist. Die Einnahme der Sonntagnachmittagsvorstellungen gingen an die MARALD, eine seit sieben Monaten von den Arbeiterinnen besetzte kleine Textilfabrik an der Tiburtina." (Interview mit Franca)
Die zwischen Franca und der Frauenbewegung entstandene Solidarität bedeutete nicht gleichzeitig ein einheitliches Votum für das Stück. Franca stellte „Nur Kinder,

Küche, Kirche“ zunächst mit durchaus gemischten Gefühlen in der Metropole vor.
„Bevor ich nach Rom kam, war ich ein bißchen besorgt und sagte, kommt rauf nach Verona, seht euch die Vorstellung an. Sie haben eine Kommission gebildet und sind gekommen, weil ich sicher sein wollte, daß alles gut geht. Also sind sie gekommen, und das Theater war voll mit begeisterten Zuschauern, Genossinnen aus den Stadtvierteln, aus der Fabrik, die Feministinnen von Verona hatten eine großartige Vorarbeit geleistet. Wir diskutierten dann den Text, und sie sagten, es ist nicht ein Wort falsch, alles in Ordnung.“ (Interview mit Franca)

Die Kritik, die in „effe“ (feministische Monatszeitschrift) und anderen Publikationen laut wurde, konzentriert sich auf drei Punkte.
1. Weshalb hat Franca Rame die Aufgabe, ein Schauspiel für Frauen zu schreiben, an Dario Fo delegiert? Weshalb hat sie nicht den Mut aufgebracht, den Text mit anderen Frauen zusammen zu erarbeiten? Adele Cambrio leitet daraus den Vorwurf ab, Franca habe die den Frauen von außen aufgezwungene klassische Spaltung, entweder schön oder intelligent zu sein, aber nicht beides auf einmal, verinnerlicht: „Eine schöne Frau ist Schauspielerin, aber sie schreibt keine Texte.“
2. Dieses Stück hätte vielleicht vor fünf Jahren eine Provokation bedeutet; gemessen an den feministischen Inhalten von heute bedeutet es einen Rückfall, es greift überholte, von der Frauenbewegung längst ausdiskutierte Themen auf (effe).
Die Frau wird als Objekt dargestellt, ihre Unterordnung und Versklavung in der Familie steht zu stark im Vordergrund der Stücke.
3. Die satirische Form ist dem Thema nicht angemessen. Wir werden aufgefordert, über die Misere, in der wir stecken, zu lachen. „Wir lachen über uns in einer alten, konventionellen Weise, statt eine neue, weibliche Qualität der Ironie zu entdecken.“ (Adele Cambrio)

Franca ihrerseits spart nicht mit Kritik am neuen italienischen Frauentheater:
„Ich habe lang und breit gesucht, aber ach, bis heute habe ich kein interessantes feministisches Stück gefunden, und das wenige, was ich gelesen habe, war es nicht wert. Eine Orgie von Worten und Intellektualismen, die dem breiten und heterogenen Publikum, an das ich mich wende, absolut unangemessen ist, weil es mit Recht eine einfache, direkte Sprache verlangt." (1978, im Messaggero)
Zu Punkt drei der Kritik meint Franca zu mir in Matera:
„Wir haben den Schlüssel der Groteske gewählt, weil wir der Überzeugung sind, daß es nichts hilft, sich zu beweinen, sich selbst zu bemitleiden. Sondern wir wollten ein Stück darüber, was es heißt Frau zu sein, in komisch-grotesker Weise präsentieren, das ist eine ganz bewußte Entscheidung."
Das gleiche Argument greift sie bei ihrer Vorrede im Theater noch einmal auf.
„Wir glauben, daß Klagen falsch ist. Du weinst, gehst traurig nach Hause, sagst: Wie hab ich schön geweint, und schläfst erleichtert ein. Nein, wir wollen euch zum Lachen bringen. Ein gewisser Moliere hat gesagt, um lachen zu können, muß man intelligent, scharf, offen sein, eine witzige Stelle aufnehmen können. Es öffnet sich nicht nur der Mund beim Lachen, sondern das Gehirn. Und ins Gehirn können die Nägel der Vernunft eintreten. Ich hoffe, daß heute abend einige Leute mit Nägeln im Kopf heimgehen ..."

Zu den Vorwürfen unter Punkt eins und zwei befragte ich eine Frau, die bei der Zeitung „Quotidiano Donna" arbeitet:
„Mein persönlicher Eindruck ist der: Wenn ein Mann Texte mit politischen Inhalten schreibt, die für mich als Feministin gültig und schlüssig sind, dann habe ich keinerlei Einwände. Im Gegenteil, es gibt doch genauso gut Texte von Frauen, die ganz maskistisch sind."
Ganz ähnlich wie Franca fährt sie fort:
„Ein Beweis dafür, daß die Texte feministische Inhalte

verbreiten, ist doch die Tatsache, daß sie die Vorstellungen überall verlängern mußten, weil dauernd ausverkauft war. Niemand hat gegen die Stücke protestiert lediglich einige Frauen haben die Inhalte als banal und allgemein bekannt abgelehnt. Aber die Probleme der Frauen sind natürlich alte Probleme. Franca hat das Stück ja in ganz Italien aufgeführt, und nicht überall ist der Feminismus auf der Höhe wie hier in Rom, nicht überall existieren Kollektive, gibt es Militanz. Die Themen mögen abgegriffen sein, in der Realität sind sie es nicht. Sie existieren weiter, wie vor 10 Jahren, weil sie nicht gelöst worden sind. Das heißt, es gibt noch Gewalt, es gibt noch Ausbeutung, heimliche Abtreibungen, und zwar täglich."
Im Kampf zweier Linien, zwischen den Vertreterinnen einer radikalen, die Theoriediskussion vorantreibenden Richtung, und den Anhängerinnen eines mehr an der Praxis und der Gruppenarbeit orientierten Feminismus, optiert Franca eindeutig für die zweite Linie, wenn sie zu mir sagt:
„Ich bin dagegen, daß sich die Frauen im Ghetto einschließen, ich glaube es ist besser, den Männern auf den Kopf zu schlagen, wenn das nötig ist. Das Ghetto, der Separatismus sind enorme politische Fehler. Zuerst wird der Kopf der Gesellschaft verändert, dann kann sich auch das Individuum ändern."

Franca ist die Antipodin einer sektiererischen politischen Arbeit, weil sie immer im Auge behält, daß es momentan wichtiger ist, die Masse der proletarischen Frauen und Hausfrauen, ebenso wie deren Freunde, Söhne und Männer, mit neuen politischen Inhalten zu erreichen und zu gewinnen. Wenn sie diese Ansichten während des Spiels äußert, bekommt sie viel Beifall.
Sie erreicht mit ihren häretischen Äußerungen vor allem in der Provinz und im Mezzogiorno ein Publikum, das zwar politisch umfassender informiert und aktiviert ist als beispielsweise ein bundesdeutsches Publikum, in der Privatsphäre jedoch wenig Veränderung wünscht, weil es noch an traditionellen und starren Verhaltensnormen klebt. Deshalb sind Beifall und Lachsalven für

Franca besonders bei solchen Szenen wichtig, in denen sie sexuelle Tabus oder männliche Sexualphantasien aufs Korn nimmt und lächerlich macht, über die die Masse der Zuschauerinnen sicher noch nie zu reden, geschweige denn zu lachen gewagt hat.
Je nachdem, wie stark das Publikum noch von traditionellen Normen geprägt ist, je nach seinen kulturellen Erfahrungen, kommt das eine oder das andere Stück besser an. Die Bettszene zu Beginn der vierten Geschichte zündet in Mailand ganz anders als in Bari oder Palermo; der Monolog der „Mamma Hexe" gibt der Jugend in den Großstädten die Möglichkeit, sich wiederzuerkennen, weil er Themen aufgreift, die in der politischen Schüler- und Jugendbewegung in diesen Jahren diskutiert wurden. So trägt das Stück dazu bei, ein vorhandenes politisches Bewußtsein zu kräftigen; ebenso kann es Bewußtseinsprozesse in jenen Teilen der italienischen Gesellschaft einleiten, deren Veränderung bislang vorwiegend von den ökonomischen Interessen der herrschenden Klassen bestimmt worden ist, also nicht von seinen eigentlichen Interessen.

7. Szene:
Monolog der Nutte in der Heilanstalt

Eine Frau sitzt auf einem Metallstuhl. Sie trägt Kopfhörer. Vor ihrem Mund ist ein Mikrofon. Von ihren Fuß- und Handgelenken führen Drähte in einen Apparat mit Lämpchen und Röhren, die ab und zu aufleuchten und erlöschen.

Ich höre Sie gut, Frau Doktor, jaja, ich verstehe jedes Wort. Keine Angst, doch, ich bin ganz entspannt. Wenn bloß diese Drähte nicht an mir wären, wie bei einem Roboter. Ich fühle mich direkt wie auf dem elektrischen Stuhl, ganz seltsam. Sagen Sie mal, Frau Doktor, können Sie nicht ein bißchen näher rücken, statt in dieser komischen Flugzeugkabine zu sitzen? Wissen Sie, ich kann diese Geschichten nur erzählen, wenn mir jemand gegenüber sitzt ... Aber so ... Ich glaube, ich soll mit einer Rakete auf den Mond geschossen werden! Ach, macht nichts, ich sag Ihnen die Wahrheit trotzdem. Es geht nicht? So, Sie müssen da sitzen und die Anlage kontrollieren? Schon gut, ich verstehe, Sie können einfach nicht ... Womit soll ich anfangen? Wie wir das Haus von diesem Industriellen in Brand gesteckt haben? Da nicht. Wie ich als Prostituierte ... Wann ich damit angefangen habe? Wissen Sie, Frau Doktor, ich mag die Bezeichnung Prostituierte nicht so, ich nenne mich lieber Nutte, weil das jeder versteht, oder?
Meinetwegen, ich hab verstanden. Mit meiner ersten sexuellen Erfahrung. Wie ich meine erste sexuelle ... Also, an die erinnere ich mich nicht mehr, aber dafür an meine zweite. Ach was, über die erste kann ich nichts sagen, weil ich damals zu klein war. Als meine Mutter mal Streit hatte mit meinem Vater, hat sie mir davon erzählt. Bei dieser Gelegenheit hab ich erfahren, daß er, also mein Vater, mal versucht hat mich zu vergewaltigen ... aber ich selbst hab gar keine Erinnerung daran. Was für ein Trauma? Ich mochte meinen Vater immer gut leiden. Und das zweitemal, das ist die Geschichte,

die ich Ihnen schon mal erzählt habe, mit dem Jungen auf der Wiese hinter unserm Haus. Das Gras war feucht und ich hatte einen ganz kalten Hintern. Der Junge war, wie gesagt, nicht ganz richtig im Kopf. Er war damals dreizehn und ich zwölf. Wir machten diese Sache beide zum erstenmal. Damals wußten wir bloß, daß die Babies aus dem Bauch herauskommen. Nein, absolut nichts, ich habe überhaupt nichts gefühlt. Ja, ich weiß noch, wie weh es tat, hier am Bauchnabel. Am Nabel, ja! Wir haben geglaubt, daß das die Stelle ist, an der die Liebe gemacht wird. Er hat sein Dingsbums darein gepreßt. Ich hab Ihnen doch gesagt, daß er beschränkt war! Mein Bauchnabel war völlig entzündet. Ach wissen Sie ... Ob ich weiß, was Sexualität ist? Stellen Sie sich vor, Frau Doktor, ich bin nicht so blöde, wie ich aussehe. Ich hab mich sogar informiert, habe unheimlich viel drüber gelesen, sogar wissenschaftliche Wälzer. Dabei habe ich entdeckt, daß wir Frauen erogene Zonen haben, so sagt man doch, nicht wahr? Am ganzen Körper hat unsereins erogene Stellen! Das war eine richtige Offenbarung für mich!
Ich hätte nie gedacht, daß eine Frau derart viel empfindsame Stellen besitzt. In einem dieser Bücher habe ich zum Beispiel die Zeichnung von einer nackten Frau gefunden, die in Viertel eingeteilt war. Ja, so ähnlich, wie diese Darstellungen auf den Schautafeln in den Metzgerläden, mit einer Kuh darauf, die in verschiedene Teile zerlegt ist ... oder wie die Landkarte von Italien mit ihren ganzen Provinzen und Gemeinden. In diesem Buch also war jeder Teil des weiblichen Körpers angemalt in verschiedenen Farben, je nachdem wie heftig oder wie schwach er auf den männlichen Tastsinn reagiert, ich meine, wenn einer uns anfaßt. Dieses Stück zum Beispiel, die Lendengegend, war leuchtend rot gefärbt, das sollte heißen maximale Sensibilität. Dann kam das Stück hier hinter dem Hals, violett, wissen Sie, dieser Abschnitt, den der Schlächter Kammstück nennt, und die Linie entlang der Wirbelsäule, also wo das Filetstück sitzt, war mit orangenen Punkten markiert. Weiter unten kommt dann das Bauchstück ... Hah, so ein Bauchstück hat es in sich! Non plus ultra ...

in etwa so delikat wie ein ordentlicher Lendenbraten. Wenn einer damit umzugehen weiß, soll man angeblich vor erotischen Schauern fast krepieren. Beinahe so, wie wenn du dir das Bruststück anfassen läßt oder das rosige Roastbeaf, und dann käme da noch der Schneidermuskel, der am Oberschenkel verläuft. Sozusagen an der Innenseite der Keule. Einfach super, die Keule! Kenn ich mich gut aus, Frau Doktor? Ja, über die Sinnlichkeit der Frau weiß ich alles! Nur schade, daß ich unzurechnungsfähig bin, ich bin eine Idiotin, nicht wahr, so gut wie schwachsinnig. Das ist meine ehrliche Meinung, Sie wissen doch, daß ich ab und zu den Verstand verliere, Frau Doktor. Ja, ich verstehe schlagartig nichts mehr und mache Sachen, an die ich mich danach absolut nicht mehr erinnern kann. Woher ich das weiß? Weil es mir die anderen erzählt haben. Was sie mir erzählen? Aber das hab ich Ihnen doch alles gesagt. Macht gar nichts. Ach natürlich, damit Sie es mit dem Apparat aufnehmen können. Mamma mia, hab ich gerade einen Schlag gekriegt, hier! Ist nicht schlimm? Ich soll doch nicht etwa geröstet werden? Schon gut, ich erzähle. Wie gesagt, ich weiß von den anderen, daß ich mich ausgezogen habe, als ich verrückt wurde, daß ich nackt rumgetanzt bin und nackt gevögelt worden bin ... Das sagt man nicht? Man sagt „genommen wurde"? Richtig. Also ich bin genommen worden, aber dann bin ich auch gevögelt worden. Na gut, ich mache weiter. Wer das war? Wieviele, und wo? Keine Ahnung. Woher soll ich das wissen? Wie ich hier in der Heilanstalt aufwache, weiß ich bloß, daß sie mich bis oben hin mit Dämpfungsmitteln vollgestopft haben, daß ich zwei Tage an einem Stück geschlafen habe und überall Schmerzen hatte. Ich hab das Gefühl, ich bin verprügelt worden. Sie müssen mich verprügelt haben, ich hatte nämlich überall Blutergüsse, sogar im Gesicht. Was weiß ich! Die Polizei, die mich aufgelesen hat, behauptet, ich sei hingefallen. Nein, keine Zeugen. Als die Polizei ankam und sie mich dann in die Klapsmühle gebracht haben, war kein Mensch zu sehen, wie immer. Entweder ist jemand gerade zufällig vorbeigegangen, oder er war bloß vorübergehend da. Wen juckt das schon? Schließlich bin ich ja bloß eine Nutte, oder? Eine Nutte, die ab und zu einen Anfall kriegt und verrückt spielt. Ich will Ihnen ja nichts vorjammern, Frau Doktor. Die Leute sagen: Wer ist denn eine Nutte? Das ist eine, die den Dreh raus hat: Fein leben und nix tun. Wenn ich daran denke, wie ich hab arbeiten müssen! Als ich Dienstmädchen war, haben sie mich gevögelt. Dann bin ich in die Fabrik, und sie haben mich gevögelt ... Die blöde Kuh, die mit jedem ins Bett geht ... Man sieht, du hast Spaß dran, was? Nein, es macht mir keinen Spaß! Natürlich, ich mache mir das zu bequem, einfach den Männern, diesen Aasgeiern, die Schuld zu geben, oder zu sagen, daß die Gesellschaft daran Schuld ist ... Das hat schon meine Mutter gesagt: Eine anständige Frau, die auf sich hält, läßt sich lieber umbringen als umlegen. Ich hab mich nämlich wirklich fast umbringen lassen: Acht Stunden täglich in der Fabrik plus Überstunden, dabei bin ich verrückt geworden! Meinen ersten Zusammenbruch hab ich in der Fabrik gehabt, nachdem ich eine Woche lang diese Hitzewellen gekriegt hatte und mir andauernd schwindlig war. Aber meine Chefin hat gesagt, daß ich ihr bloß was vormachen wollte, daß ich simuliere, weil ich krank feiern will. Und hin und her, bis ich explodiert bin! Da hab ich angefangen, die Fensterscheiben mit einem Karren zu zertrümmern, hab alle Farbkanister umgekippt und mich von oben bis unten mit Farbe beschmiert. Danach soll ich angefangen haben, nackig durch die Gänge zu tanzen. Ja, ich hab Striptease gemacht. In den Büros der Direktion. Die Angestellten haben sich gefreut und in die Hände geklatscht, diese Arschlöcher! Ach was, ich hab das doch gar nicht mitgekriegt. Ja, nachdem ich aus der Neurologischen raus war, hat man mich hier in die Heilanstalt eingewiesen. Und wie sie mich aus der Heilanstalt entlassen haben, da war ich meine Arbeit los. Die Firma hatte mich nämlich auch gleich entlassen. Sie können davon halten, was Sie wollen, Frau Doktor, aber eines schwöre ich Ihnen: Ich arbeite nicht gerne auf dem Strich. Wissen Sie, ich habe nie gehört, daß sich eine aus meinem Bekanntenkreis damit gebrüstet hätte: „Es ist herrlich, eine Nutte zu sein!“ Sie sagen alle nur: „Ich verdien mir ein bißchen Geld mit diesem Scheißberuf und dann ziehe ich mich zurück, baue mir eine kleine Existenz auf, vielleicht einen Tabakladen, zusammen mit meinem Freund." Also wenn das stimmen würde, dann müßten sämtliche Tabakläden in ganz Italien Nutten gehören.

Ich kenne hier eine Ärztin, auf Station 15, sieht aus wie ein Mädchen, mit der hab ich mich angefreundet, ich erzähle ihr nämlich alles, und sie schreibt es auf ... Die hat mir erklärt, warum ich immer verrückt werde. Es liegt an meinem Schuldkomplex. Weil ich den Gedanken, auf den Strich zu gehen, nicht ertragen kann. Und daß ich Schübe hätte ... Weiß der Geier, was für Schübe das sind. Ich kenn mich nicht aus mit diesem Zeug, aber eins schwöre ich Ihnen, und wenn Sie mich für verrückt erklären deswegen: Ich bin gerne in die Fabrik gegangen. Es war zwar ein übler Schlauch, aber dafür war ich mit anderen Frauen zusammen. Ein Höllenlärm, eine Hitze zum Umfallen, der Gestank von dem Lösungsmittel und dazu die Gemeinheiten der Vorarbeiterin ... Also sag mal, was hat dir daran eigentlich gefallen? Och, vielleicht daß ich Achtung vor mir selbst hatte. Ich will Ihnen mal was sagen. Nur eine Frau, die auf den Strich gegangen ist, kann begreifen, was das bedeutet: Die Achtung vor sich selbst verlieren. Das Gemeine an diesem Beruf ist, daß du dich fühlst wie eine Sache mit einem Loch und Beinen und Brüsten und einem Mund und damit Schluß. Mehr hast du nicht. Was soll man denn machen, wenn man in der Scheiße steckt? Du versuchst zu schwimmen, versuchst den Gestank zu vergessen ... Du suchst dir jemanden, der dich ins Boot zieht, zu einer Vergnügungsfahrt ... und dann versuchst du dich an ihm zu rächen. „Willst du ficken, Dreckschwein? Bilde dir nur nichts ein auf deine paar Kröten. Erst zahlen. Ficken und zahlen. Aber ohne mich. Du legst mich aufs Kreuz, aber ich bin nicht da. Ich tu als ob ich nicht da wäre. Ich bin abwesend. Mann, du vögelst eine Leiche!"

Es stimmt wirklich, daß ich in diesen Momenten abwesend war und wie eine Verrückte dastand ... Ich schäme mich und fange an, nackt herumzutanzen. Dann kommst

du mit deinen Freunden in Stimmung, ihr prügelt mich ... Springt zu fünft, zu sechst auf mich drauf, tobt euch aus, ihr Hurenböcke. All euer dreckiger Haß, den ihr auf uns Frauen habt, kommt raus ... Jetzt fühlt ihr euch als echte Männer ... Als anständige Schweine.
Aber diesem feinen Freier, der mich das letzte Mal fertig gemacht hat, dem hab ichs heimgezahlt. Ein auffälliger Typ, repräsentativer Wagen, Büro mit allem Schnickschnack, zwei Sekretärinnen und Freunde aus gutem Hause, genau so Schweine, wie er eins ist. Ich hab so getan, als wär nichts passiert. Und dann war ich rein zufällig bei Büroschluß unten in der Bar; da erscheint er immer so pünktlich wie das Amen in der Kirche. Ich habe ganz das lustige Dummerchen gemimt; gewaschen, parfümiert, bereitwillig, mit Bidet. Seine Bekannten, die auch da waren, machten mir schon Angebote, und da wurde er erst richtig scharf. Ich hab ihn zum Sieger erklärt: „Dieser Herr hat sich einen Bumms verdient! Herzlichen Glückwunsch!" Sein Kamm schwillt an vor Stolz, er bringt mich raus, zwinkert seinen Konkurrenten noch spöttisch zu. Wir also rauf in sein Büro mit Zimmer nebenan und er beginnt sein Spielchen – als ob die aus der Bar unten neidisch glotzen würden und ihn anfeuern: „Bravo! Phänomenal! Du bist ein fabelhafter Hengst!" Sogar sein Hintern war vor Stolz geschwollen. Danach fällt er in Schlaf wie ein toter Ochse. Währenddem ziehe ich mich schnell an und nehme ihm alles weg, was ich finde: Das Scheckheft, die Autoschlüssel, den Schlüssel vom Büro, vom Fahrstuhl, von der Wohnung, von der Garage, vom Motorboot, von seinem Safe, sämtliche Ausweise, Führerschein, Mitgliedsausweis vom Rotaryclub, Jagdverein, Freundeskreis des Roten Kreuzes, von den Christdemokraten ... kurz gesagt alles, sogar sein Verdienstkreuz. Es hing über seinem Schreibtisch, zwischen Paul VI. und Staatspräsident Leone.
Und dann nichts wie weg, ich renne hierher, zur Heilanstalt. Erzähle, daß bei mir eine Krise im Anzug ist, und lasse mich einweisen. Achso, bevor ich runterging, hatte ich ihm noch auf den Tisch im Büro einen Zettel gelegt: ‚Falls du mich suchst, ich bin im Irrenhaus, Sta-

tion für Schwerkranke.‘ Ruft dieser feine Herr also bei der Aufnahme an und wird mit einer Krankenschwester verbunden, die über alles Bescheid weiß: „Ach Sie sinds? Der Herr, der eine Kranke mißbraucht hat!“ Er kam dann an und brachte gleich seinen Rechtsanwalt mit; aber den haben sie vor die Türe gesetzt. Er wollte mich unter vier Augen sprechen, das hab ich aber abgelehnt. Wenn er mich sprechen wollte, müßte er sich in den großen Saal bequemen, wo die anderen Patienten dabei sind, hab ich verlangt. Da blieb ihm nichts anderes übrig, und da drinnen haben sie ihm den Prozeß gemacht ... Er hat sich gewunden wie ein Regenwurm in Spiritus.

Haargenau hat er erzählen müssen, was er und seine schweinischen Freunde vor zehn Tagen mit mir angestellt haben. Er zitterte, stotterte und heulte. „Wir informieren die Öffentlichkeit. Wir haben alles auf Tonband aufgenommen!“ Er kriegt einen Anfall ... Dieses Häufchen Elend, wie ein abgestochenes Schwein, das am Haken zappelt. Dann haben wir ihm seine Siebensachen zurückgegeben und eine Abschrift von dem Tonband an die Presse geschickt. Und er hat verzweifelt versucht, das zu verhindern, hat irgendjemand eingeschaltet, jedenfalls ist nirgendwo auch nur ein Wörtchen von dieser Scheißstory veröffentlicht worden.

Als ich fünf Tage später aus dem Portal komme und nach Hause will, merke ich, wie ein Auto hinter mir herfährt. Ich fange an zu laufen, aber an der Ecke springen aus einem anderen Wagen zwei heraus und prügeln auf mich ein. Also wenn nicht sofort die zwei Krankenpfleger dagewesen wären, die die Geschichte vom Pförtnerhäuschen aus mitgekriegt hatten, dann wär ich heute schon eine Leiche. Sie haben mich zur Ersten Hilfe geschleppt, da war ich schon halb hinüber.

Später kamen dann meine Schwestern aus der Heilanstalt an und holten mich in unseren großen Krankensaal. Alle haben sie geweint, aber nicht etwa aus Mitleid, sondern aus Wut. „So eine verfluchte Schweinerei, das hält doch kein Mensch aus“, schluchzten sie, „auf uns wird herumgetrampelt, herumgefickt, uns schlägt man, wir müssen alles ertragen. Wir müssen diesem Hurenbock einen Denkzettel verpassen!" – „Das ist zwecklos", hat die junge Ärztin gemeint. „Rache ist zwecklos. Ihr müßt euren Kampf organisieren, Genossinnen, mit politischem Kampf gewinnt man, aber nicht mit Rache." – „Wer denkt denn hier an Vergeltung", haben wir gesagt. „Nein, wir wollen bloß ein politisches Zeichen setzen." Den Abend drauf brach unten in der Stadt ein Brand aus. Das Gebäude, in dem dieser Hundesohn sein Büro hat, ging in Flammen auf. Im Fernsehen hieß es sofort: Brandstiftung. Eine von den Patientinnen sagte: Nein, eine politische Geste. Und alle anderen antworteten: Eine politische Geste! Die junge Ärztin hat eine ganze Weile geschwiegen, dann hat auch sie gesagt: Ja, eine politische Geste.

8. Szene:
Alice im Land ohne Wunder

Sause, Alice, sause. Wohin läufst du, warum rennst du so? Du wirst stolpern, wenn du dich so überstürzt! Schon wieder! Aber Alice, du bist kein Kind mehr. Immer wieder fällst du in die Löcher, in die Abgründe, die sich auftuen unter deinen Füßen, auf der Wiese. Schäm dich, in deinem Alter noch hinter Häschen herzulaufen! Wie alt bist du eigentlich? Du bist schon eine Frau! Du kannst nicht wie ein kleines Mädchen umherstolpern. Paß doch auf, wo du hintrittst! Alice, wann wirst du endlich erwachsen?! Aliiice, bleib stehen!! Hörst du überhaupt nicht mehr auf zu rasen und zu stürzen? Deine Kleider flattern dir bis über den Kopf. Benimm dich, man kann alles sehen! Konntest du nicht vorher wenigstens die Höschen wechseln? Und deine Strümpfe sehen aus ... Schäm dich, lauter Laufmaschen. Was sollen die Leute sagen? So eine Schlampe! Bleib doch stehen!
„Wer ruft mich? Ich höre ein Mordsgeschrei, aber es geht nicht, ich kann nicht aufhören! Ist mir auch egal, es macht mir nämlich Spaß, wenn ich hinfalle. Es ist schön! Schön, daß der Wind mich streichelt, daß er an meinen Röcken zerrt, bis sie platzen! Wie schön, er zieht mich aus! Ja, wie schön, ich bin schamlos! Oh, was sind das für Hände? Sie wollen mich aufhalten. Das ist die starke Hand meines Vaters, ich erkenne sie. Laß mich los, Papa, du zerreißt meine Bluse. Nun ist sie kaputt. Und die nächste Hand, sogar zwei Hände, sie sind freundlich. Das ist meine Mutter. Oweh, eine Ohrfeige! Sie hat mir eine geschmiert; sie hat gerufen: Du bist der Schandfleck der Familie! Ich rase weiter, die nächste Hand kommt; sie gehört meinem Mann. Laß mich gehen! Laß, du zerreißt meinen Rock! Schon passiert! Ich laufe und laufe, da, noch mehr Hände, ein Polizist, ein Richter, ein Lehrer, ein Pfarrer! Ihr habt meine Kleider zerfetzt, ich bin nackt, ich rase nackend weiter, der Spalt wird enger, wird ein Schlauch, eine

Spirale, ich rutsche hinunter wie auf einem Schlitten, immer rundherum. Mir dreht sich der Kopf, mein Magen, oh mein Gott, mir wird übel ... ich muß mich übergeben ... krch ... jetzt bin ich auf einem Stuhl gelandet. Plumms! Wer sitzt denn da? Ein Kaninchen mit einem Zylinder auf dem Kopf, das gerade Tee trinkt? Ich kotze ihm ins Gesicht ... Oh pardon!" – „Keine Ursache. Vor einer nackten Frau muß man den Hut ziehen! Sie lebe hoch! Endlich eine nackte Frau ... Eine Frau, die frei ist! Kotz nur weiter, meine Liebe, aus diesem Mund mag kommen was will. Was machst du denn mit deinen Händen? Versuchst du, deine Blöße zu bedekken? Schämst du dich etwa? Nein, du machst es, weil es dann aufregender ist. Eijeijei, die zarten Fingerchen lassen die Brust durchscheinen und den Bauch ... Oh, das regt mich auf. Faßt du dich an? Oh ja, faß dich mal dahin. Augenblick, meine Gäste sind eingetroffen, ein Schweinchen und ein Affe. Bitte nehmen sie Platz. Gestatten, das ist Alice, Darstellerin in Pornofilmen, ein herrliches Geschöpf, nicht wahr? Alice, dieser Affe ist ein berühmter Avantgarderegisseur, zur Zeit ohne Aufträge. Siehst du, wie er masturbiert. Natürlich, er kratzt sich am Kopf. Er masturbiert eben auf seine Art. Typisch Intellektueller in der schöpferischen Krise. Alice, bleib stehn, nicht wegrennen!"
„Laßt mich, Hände weg, Schweinchen!"
„Ach was, so beruhige dich doch, niemand will dir Gewalt antun. Wir sind gegen jegliche Gewalt. Unser Regisseur will nur ein paar Fotos von dir machen; er will nämlich einen Film über die Freiheit drehen ... Die Geschichte einer Frau von Fleisch und Blut, die vor Lebenslust überquillt und die Normen einer repressiven Welt mit ihren ganzen Vorschriften ablehnt ... Die wundervolle Story einer Revolte gegen die ganze kleinbürgerlich-patriarchalische Moral. Die Frau träumt, daß sie ihren eigenen Körper, ihre Identität entdeckt ... und daß sie Spaß daran hat, sich anzufassen, sich zu streicheln ... sich zu mögen. Also los, du mußt dich streicheln. Schweinchen, sei artig mit deinem Korkenzieherschwänzchen, hier wird Kunst gemacht. Geh an die Kamera, du bist der Kameramann. Diese Frau entdeckt

sich, wie gesagt, und dann wird sie mit einem Mann verheiratet, der total von sich eingenommen ist, mit einem Phallokraten, der ihr Gewalt antut. Was macht die Frau? Sie läuft weg. Richtig, du bist ja auch weggelaufen. Andere Männer versuchen mit hinterlistigen Methoden, von ihr Besitz zu ergreifen ... mit Heuchelei, mit Tricks, falscher Zärtlichkeit, mit betörenden Reden, mit Phrasen und Ansichten, die sie erregen und faszinieren. Sie setzen dich auf einen Thron und überschütten dich mit schönen Kleidern ... damit sie dich besser ausziehen können. Sie reden von Freiheit, von der Würde der Frauen und Zack! haben sie dich reingelegt."

Lauf weg, Alice, nun stolpert sie wieder, du fällst in ein neues Loch! Lauf schnell und plumms! befindest du dich bei deinen Schwestern, bei anderen Frauen, die mit dir zusammen für deine Befreiung kämpfen. Oh, es gefällt dir bei ihnen, ihr redet miteinander, diskutiert ... aber du verstehst nicht alles, was sie sagen, und dann fühlst du dich ihnen unterlegen. Siehst du, auch sie haben einen Chef, eine weibliche Vorgesetzte, die dir sagt, was du zu tun und zu denken hast. Nein, nicht alle, eine von ihnen mag dich sogar sehr gern, sie liebt dich. Was ist los, Alice? Bist du voreingenommen? Lesbisch sein ist doch nichts Schlimmes. Nein, es ist keine Sünde, im Gegenteil. Es ist schön und bedeutet die Freiheit. Du flüchtest? Heda, du mit deinen ewigen Vorurteilen, mit deiner rückständigen Erziehung! Du läufst weg? Wohin denn? Halt an Alice, lauf nicht so, paß auf, da ist schon wieder ein Abgrund ... Du bist hineingefallen, Alice! Du fällst ... flieg, flieg Alice! Ah, wie schön, Wind umweht dich, deine Haare fliegen. Aufgepaßt, du landest auf einer großen Wiese, das Gras steht hoch. Plauz! Ein sanfter Aufprall. Du federst hoch, noch einmal, du kugelst dich. Jemand leckt dein Gesicht. Oh, ein Hund, ein sehr hübscher Hund. Ein Schäferhund. Er hat schöne Augen. Du streichelst ihn. Er spielt und springt umher, wälzt sich vor Freude. Du sollst mit ihm um die Wette laufen, lauf, Alice! Du läufst, du lachst, schreist. Ein Hund zum Liebhaben! Du fällst hin, und der Hund kuschelt sich an dich, er ist zärtlich mit dir. Alice, dieser Hund betet dich an! Er würde sich für dich umbringen lassen! Er beschützt dich. Hast du gesehen, wie er die Haare sträubt und den Mann anknurrt, der dich besitzen möchte? Er packt ihn, der Mann flieht! Der Hund kommt zurück und leckt deine Hände. Siehst du, du wirst mit dem Hund schlafen. Der Hund ist die letzte Rettung. Ein Tier lieben ... das wilde Tier in uns. Ja, wir haben jeder eine Bestie in uns ... besonders die Frauen! Nicht ausweichen, Alice! Schweinchen, sei brav! Der Hund soll vögeln, nicht du. Du spielst den Affen. Intellektuelle sind immer in der Krise! Alice, was willst du mit dem Knüppel? Du schlägst den Hund, des Menschen besten Freund? Auf den Schädel hast du ihn geschlagen! Sie hat ihn umgebracht! Die erotische Bestie ... wo wir uns solche Mühe gemacht haben, sie zu erziehen! Nein, wir haben nichts damit zu schaffen! Steck deinen Knüppel weg. Nicht, aauua! Ich bin bloß ein armes Kaninchen, von Beruf Hutmacher, ein Künstler! Beruhige dich, trink ein Täßchen Tee mit uns. Sei vernünftig! Oh nein, laß die Kamera ... meinetwegen tob dich aus, verprügle den Affen, aber laß die Kamera ganz! Bleib, Alice, wo willst du hin? Der Wald dahinten ist verhext, geh nicht hinein! Da wohnt ein Kater, der grinst und grinst und plötzlich hat er sich aufgelöst ... da wohnt der Drache und der Ritter mit dem Feuerschwert, warte, lauf nicht fort."

„Laßt mich in Ruhe, ihr Ferkel! Drachen sind mir lieber als Schweine, Affen und jämmerliche Kaninchen! Ach, ist der Wald schön. Viele, viele Bäume, gerade und krumme, ihre Zweige sind Arme! Oh mein Gott! Ein Baum umarmt mich, hebt mich sanft in die Höhe ... er hat zarte, feuchte Blätter und duftende Blüten. Sein Laub rauscht süß wie ein Liebeslied. Pralle Früchte platzen auf, ein wohlriechender, zuckersüßer Saft tröpfelt heraus. Ich trinke ihn! Danke, das reicht mir. Soviel vertrage ich nicht auf nüchternen Magen. Laß mich jetzt los ... nein danke. Was machst du, was erlaubst du dir?! Igitt, der Baum beginnt zu winseln und zu keuchen, zu seufzen und zu stöhnen! Was tust du mir an, weg da mit deinen ekligen Zweigen! Ein brünstiger

Baum? Hiilfe!!
Na endlich kommt jemand und rettet mich. Der Eisenritter mit dem Flammenschwert! Ritsch und ratsch und zisch! Hack ihm das gräßliche Ding ab, das er in mich reinstecken will! Zack, ein Aufschrei! Der Baum krümmt und windet sich, er ist kastriert. Er hat mich runter auf die Wiese fallen lassen. Da richtet sich ein Pilz auf und hopst lüstern rückwärts und verschwindet winselnd, wie ein Hund, der eine Tracht Prügel kriegt. Was für eine Welt! Habt ihr denn nichts als Vögeln im Kopf? Alle Mann, Bäume und Pilze eingeschlossen! Und der Ritter ist verschwunden mitsamt seinem schönen Pferd, das sich aufbäumt. Schade, ich hätte mich gerne bedankt. Ah, endlich Frieden, Stille. Ich bin hungrig! Aber ich trau mich nicht mehr, die Früchte unter den Bäumen aufzuheben ... Was ist das da für ein Gebilde? Oh, ein Eisschrank! Ein Eisschrank, der aus eigener Kraft fährt! Bleib stehn, bleib stehn! Danke, sehr freundlich. Entschuldige, darf ich in dich reinschauen? Darf ich öffnen? Oho, was sehe ich? Käse, Eier, Milch, sogar Fleisch hast du! Hm, ein Kotelett könnt ich gebrauchen, aber wo soll ich es braten? Oh, das ist aber eine Überraschung. Da kommt eine Küche, mit vielen Herdplatten, mit Töpfen und Pfannen, sogar eine Geschirrspülmaschine,eine vollautomatische Waschmaschine, ein Staubsauger ... Halt! Was macht ihr? Hiilfe! Ich bin umzingelt! Drückt nicht so, ihr zerquetscht mich ja! Jaja, ich benutze euch, aber doch nicht alle gleichzeitig! Haaalt! Aua, ich ersticke! Eisenritter, zuhilfe! Gottlob, da kommt er, und zisch und klirr ... was für Hiebe! Danke! Er schlägt sie kurz und klein, die Haushaltsgeräte ergreifen die Flucht. Verschon bitte den Eisschrank! Zu spät, wie furchtbar ... nur noch wertloses Gerümpel ... mit Mann und Maus geschlagen ... So warte doch, Ritter, wo reitest du hin? *Sie lacht.* Wer lacht da so laut? Ach so, du bist die berühmte grinsende Katze, die solange grinst bis sie weg ist: Zuerst verschwindet der Schwanz, dann die Augen, dann die Pfoten, der Bauch ... bis zuletzt nur noch ihr Mund zurückbleibt und ... Was ist denn das? Ein Katzenpimmel?! Ausgeschlossen, das muß eine fixe Idee

sein. Leide ich unter Zwangsvorstellungen? Ich bin ... ja, es ist alles meine Schuld! Ich leide unter krankhaften, geschlechtsbedingten Wahnideen, überall entdecke ich nur Geschlechtsteile, Umarmungen und Gewalt. Ruhig, ganz ruhig, Ich muß mich konzentrieren, zur Vernunft zwingen. Also los: Die Augen schließen, entspannen, tief durchatmen, an nichts denken. Auf die Füße konzentrieren, ganz langsam, die Zehen zählen, ein Fuß nach dem andern; dann aufwärts, auf die Knie konzentrieren; und wieder aufwärts, der Schamhügel ... den Schamhügel überspringen, auf den Brüsten verweilen, aber nur kurz, dann der Hals, der Mund, die Ohren. So, jetzt geht es mir besser. Ich fühle mich ganz entspannt. Den Kopf nach unten, und hoch, die Nieren pressen. Heda, wer grapscht mir an den Hintern? Der Ritter?! Zum Glück, ich dachte schon, es sei ein Baum, ein Pilz, oder gar ein Kater. Aber aber, erzähl mir erstmal, was du für Absichten hast. Ernsthafte? Na hoffentlich. Du willst mich in den Arm nehmen ... Mensch, mach doch langsam, du mit deinen Eisenplatten, die mir die Haut zerkratzen! Vergiß nicht, ich bin nackt. Aufs Pferd, ach, reiten ist schön! Hopphopphopp! Ganz wie im Märchen. Wohin bringst du mich eigentlich? Auf dein Schloß? Du hast kein Schloß? Und was bedeutet dieser Betonklotz da? Hat Ähnlichkeit mit einer Fabrik. Aha, es ist eine Fabrik. Gehört sie dir? Sag mal, was für eine Sorte Ritter bist du überhaupt? Soso, ein Ritter der Arbeit. Und wie heißt du? So, Petrus Bosch!

Hoffentlich hast du nicht die Absicht, mich da drin arbeiten zu lassen. Du, ich hab nicht die geringste Lust ... Was denn, die anderen sollen mich bearbeiten? Wie stellst du dir das vor? Und was ist das da? Ein automatisches Band?! Ojeh, ich rutsche! Ich sitze auf einem Fließband! Oweh, die Rollen unterm Rückrat ... ich hüpfe hoch, hüpfe und laufe ... ich rutsche. Was wollen denn die Arbeiter, die um das Band herumstehen? Hände weg! Die nehmen mich ja auseinander! Die öffnen mich, nehmen jede Menge Teilchen heraus und setzen stattdessen andere ein. ‚Umstrukturierung! Erneuerung! Modernisierung!‘ Eins von den Teilchen, das sie rausgeholt haben, erkenne ich wieder. Ein Glück, daß ich den los bin. Das ist der „gesunde Keuschheitssinn‘. Sie ersetzen ihn durch den ‚hemmungslosen Freiheitsdrang‘. Und was montieren sie mir als nächstes ab? Die ‚Kastrationsangst des weiblichen Eunuchen‘, bekannt unter der Bezeichnung ‚Penisneid‘. Um Himmelswillen weg damit! Besten Dank! Aber habt ihr kein Ersatzteil? Wie bitte? Den ‚Mutterstolz‘? Den hab ich doch längst ... Setzt mir wenigstens noch die uterale Selbstbestätigung mit eingebautem Eierstockvergnügen ein. Habt ihr nicht, ist zur Zeit vergriffen? Eure Fabrik taugt nichts. Ich wette, das ist eine von denen, die sie für die Entwicklung strukturschwacher Gebiete gebaut haben. Nun gut, wenn ihr nichts besseres habt, nehmt die sexuelle Selbstbestimmung. Immer weg damit! Weg mit den Urängsten, weg mit dem geschlechtsspezifischen Minderwertigkeitsgefühl, weg mit dem Ödipuskomplex ... Was, der soll drinbleiben? Der ist positiv? Aber ... na meinetwegen, keine Diskussion. Moment mal, schließt mich noch nicht zu! Laßt ihr mich ohne hochentwickeltes Selbstwertgefühl mit synchronisierter Befriedigung? Und was ist mit der psychologischen Autonomie? Na wunderbar, das steckt alles in diesen drei integrierten Schaltkreisen. Richtig, sie werden im Gehirn eingesetzt. Aber vorsichtig bohren! Himmel, hab ich ein Kopfweh. Fertig? Herrjeh, geht das fix. Ach so, das ist der Automatismus. Was habt ihr euch jetzt ausgedacht? Serienherstellung?! Wie denn? Ich bin doch kein Objekt! Ich bin eine Frau, eine Frau, die sich bewußt annimmt! Begreift ihr nicht, daß ich von nun an stolz darauf sein will, eine Frau zu sein? Nein, bitte keine Strumpfhosen! Ich will sie nicht anziehen. Entweder sie kneifen, oder sie verrutschen und schlagen Falten. Und außerdem sind Strumpfhosen unhygienisch. Ach so, ihr macht einen selbstklebenden Minislip darunter, der für ‚freies absolut natürliches Lebensgefühl sorgt‘? Oh ja, die wirkstoffintensive Pflegeserie für die Haut, das federleichte Korsett, der Büstenhalter der jeder Frau Sicherheit gibt, der blitzschnell wirkende Haarentferner! Das Deodorant, das 24 Stunden wirkt! Das Entschlackungszäpfchen, die empfängnis-

verhütende Pille, das Intimspray gegen üble Gerüche und die Kapsel für die Stuhlregulierung, mit einem Schluck Wasser ist sie unten ...
Die Hormontablette, die dein Pipi weiß und transparent macht ... die Pastille, die in deinem Mund Veilchen wachsen läßt ... die Salbe, die die Brust sensationell vergrößert. Die engen, hochhackigen Pumps, die das Gesäß hochschrauben und die Eierstöcke zerfetzen. Die falschen Wimpern, der Nagellack, der samtigweiche Lippenstift, die Schminke, der violette Lidschatten, das Hühneraugenpflaster ... Auf das Ganze zwei Tropfen Parfum, Schanell, Pastisch, Miss Dior ... Fertig! Die Signora ist bedient! Sie ist schön, sie ist frei, sie ist jung, modern, begehrenswert, reizend, hygienisch, sterilisiert und sexy ...
Was für eine Vohse!

9. Szene
Die Ballade von Lanzone Michele*

Personen: Eine Frau und ein Junge. Zwei Krankenschwestern.

JUNGE *Er kommt auf die Bühne und stimmt seine Gitarre. Er summt, während er in einem Notenblatt liest:* Das ist die Ballade von Lanzone Michele. *Er wechselt den Tonfall.* Wer ist dieser Lanzone Michele? Hör doch zu. Es fängt an mit der Mutter von Michele, die verrückt geworden ist... sie singt ein Lied.
Er singt leise, fast schüchtern.
Rosa, die Irre
wiegte ihr Kind,
sang ihm ein Lied
sanft wie der Wind,
schlafe mein Kindlein, schlaf ein.
Eine alterslose Frau kommt nach vorn. Ihre Haare sind straff nach hinten gekämmt. Sie spielt mit ihren Schläfenhaaren und versucht, sich Zöpfchen zu flechten. Sie setzt sich. Auf ihrem Schoß sitzt eine Lumpenpuppe, so groß wie ein fünfjähriges Kind. Ab und zu beginnt sie, die Puppe zu kämmen oder zu wiegen. Der Junge singt die ersten Verse zusammen mit der Frau, einstimmig. Helles Licht.
Dummer Michele, halt dich da raus,
das Wasser fließt wie es will.
Herrscht im Tal auch Dürre und Not,
schau, die Bauern schweigen doch still.
Halt deinen Mund, sonst bist du tot.
MUTTER *während sie spricht, läßt sie auf ihren Knien die Puppe reiten:* Gefällt dir das Liedchen? Hübsch, nicht wahr. Ist für deinen Vater geschrieben worden,

* Die Ballade von Michele Lu Lanzone ist in leicht abgewandelter Form Bestandteil des Theaterstücks „Der Arbeiter kennt 300 Wörter, der Unternehmer 1000 – Deshalb ist er der Unternehmer". Dario Fo schrieb das Stück 1969. Die Ballade wurde in die Fernseh-Szenenfolge „Sprechen wir von Frauen" (siehe Vorwort) eingegliedert und von Franca Rame einige Male, auch auf dem Theater, aufgeführt.

ganz allein für ihn. Oh ja, dein Vater war ein wichtiger Mann. Wenn der vorüberging, zog jeder Bauer seinen Hut. Aber nicht unterwürfig, nein, aus Respekt, weil er geachtet wurde. Denn er war der beste, der mutigste Gewerkschafter im ganzen Tal.

Sie wechselt den Tonfall, erhebt sich und singt einstimmig mit dem Gitarristen

Wer nicht hört, nicht sieht, nicht spricht,
der verliert sein Leben nicht...

Während die Mutter die Geschichte von Michele erzählt, spielt sie die verschiedenen Personen, indem sie Stimme und Haltung verändert. Sie spielt nie naturalistisch, sondern immer episch.

MUTTER: Halt dich da raus, Michele. Sie haben schon mehr als 70 Gewerkschafter umgebracht... Alle sind sie unter der Erde gelandet, weil sie sich zu sehr eingemischt haben in anderleuts Angelegenheiten... in Sachen, die nur die Bauern was angehen! *Mit strenger Stimme* Nein, die Zeiten haben sich geändert. Jetzt muß die Mafia stillehalten, weil die Antimafiakommission sie am Wickel hat! Seht doch, wir haben sie schon dazu zwingen können, daß sie uns die Äcker der Großgrundbesitzer überlassen! *Anderer Tonfall* Ja, aber ohne Wasser können wir mit all dem Land nichts anfangen. Sogar die Wassermelonen gehen ein. Alles vertrocknet! Da hätten sie uns gleich die libysche Wüste schenken sollen! *Anderer Tonfall* Wir kriegen das Wasser schon! Da genügt ein Staudamm. Das Projekt ist bereits genehmigt. Die Landesregierung hat die Finanzierung zugesagt. In ein paar Monaten ist es geschafft. Ich fahre jetzt nach Palermo, und sämtliche Bürgermeister mit mir... wir verschaffen uns Gehör. Andernfalls kommt ihr hinterher, mitsamt euren Frauen, zur Verstärkung.

JUNGE *Er singt, als ob das zu der Ballade gehöre:*

Michele, der Gewerkschaftsführer,
der hetzt die Leute auf,
und geht doch selbst bei drauf.

MUTTER: Wir schaffen es schon! Bald ist es soweit! Seit wieviel Jahren warten wir schon? Nicht ein Stein wurde für den Staudamm gelegt.

Wir schaffen es schon, wir schaffen's, bald ist es soweit!

Kommt uns vor, wie die Geschichte von Moses: Geduld, habt Geduld!
Und solange müssen wir bis zur Piana dei Greci* laufen, und als Tagelöhner arbeiten bei den Grundbesitzern, wir und unsere Frauen. Denn unsere eigenen Äcker taugen nur als Totenäcker, zum Begraben. Unsere Söhne müssen wir weiter in die Salz- und Schwefelbergwerke schikken, wo sie die Rachitis kriegen, zu Krüppeln werden. *Anderer Tonfall* Michele, jemand hat das Gerücht ausgestreut, daß dich die Grundherren hergeschickt haben. Ja, es heißt, sie bezahlen dich, damit du uns hinhältst mit Hoffnungen und leeren Versprechungen ... *Sie kommt zornig auf die Vorderbühne.* Wer hat das gesagt? Raus mit ihm! Er soll es wagen, mir das ins Gesicht zu sagen, oder er ist ein Speichellecker, ein Verräter! *Sie spricht plötzlich anders.* Reg dich nicht auf, Michele. Halt dich da raus. Das ist kein Beruf für dich. Zum Gewerkschafter muß einer geboren sein. Ist eine schwierige Arbeit, die man können muß, für die man viel Erfahrung braucht. *Zusammen mit dem Jungen* Die Regierung hat jeder Familie drei Sack Weizenmehl zugeteilt. Die Wahl steht ins Haus, das wird die Leute eine Weile beruhigen. *Ihre Stimme schlägt um* Nein! Wir müssen handeln, und zwar schnell! Müssen ihnen die Fäuste zeigen! *Flehend* Halt dich da raus, Michele. Du wirst dich ruinieren. *Sie erzählt verbittert weiter.* Begreift doch endlich, daß es die Grundbesitzer sind, die uns den Staudamm verweigern! Die alles blockieren! Weil durch diesen Staudamm die ganze Talebene ein blühender Garten würde. Sogar zum Füßewaschen hätten wir Wasser genug ... und Springbrunnen könnten wir bauen, wie es sie in Palermo gibt. Ja, dann könntet ihr allesamt friedlich euer eigenes Land bebauen, und davon leben, aus eigener Kraft! Aber sie, die Grundbesitzer, würden dann keinen Tagelöhner mehr finden, der für einen Hungerlohn schuftet, wie bisher. Und niemand wollte mehr in die Schwefel- und Salzbergwerke gehen, um dort zu verrecken, mit Placken am Leib, wie ein Leprakranker. Zumachen könnten sie! Deshalb wollen sie uns den Staudamm nicht geben, auf die Gefahr hin, daß ganz Sizilien

* Hochebene im Hinterland von Palermo; Mafiagebiet.

in die Luft geht! Weil ihr Kulis und Hungerleider bleiben sollt! *Sie wechselt plötzlich den Tonfall* Sei still, Michele, du setzt dein Leben aufs Spiel... *Anderer Tonfall* Nein, wir selbst werden Sizilien in die Luft sprengen! Wir! Wir müssen aufhören damit, uns zu ducken. Ein Sizilianer kann einen Mord begehen, wenn seine Ehre verletzt wird. Verletzt es denn nicht unsere Ehre, daß wir Ausgebeutete sind und Bettler? Laßt uns nach Palermo gehen, damit wir diese alten Hyänen am Kragen packen.

JUNGE *Er singt:*

Palermo, Palermo, oweh!

MUTTER *Voll Zärtlichkeit und Stolz:* Du hättest deinen Vater sehen sollen! Er lief vorneweg vor allen anderen, ganz atemlos, daß man meinen konnte, er wäre Rinaldo mit seinen zwei Schwertern! Und hinter ihm mit Geschrei die Bauern auf ihren Eseln und Maultieren, mit ihren Spruchbändern. Lärmend stiegen sie die Berge hinab, Richtung Palermo, wie die Lava, wenn der Vulkan ausbricht...

JUNGE *Er singt:*

Palermo, Palermo, oweh!

MUTTER: Aber sie haben es nicht gepackt... Die Polizei erschien mit ihren Jeeps. Die feinen Herren saßen in ihren Villen und schauten zu, mit Ferngläsern... wie sie mit den Gewehrkolben Prügel bezogen... es waren mehr als tausend Leute. Dein Vater wurde in den Knast gesteckt, mit einem gebrochenen Arm... mußte ein Jahr sitzen. Michele, wer kann dich denn zwingen... halt dich da raus. Du stürzt dich da rein, aber wem nutzt das? Die Bauern stehen seit jeher unter der Knute des Grundherrn und sind es zufrieden. Du verdrehst ihnen bloß den Kopf. Du wirst sehen, eines schönen Tages werden die Grundherren sich an dir rächen!

Die Mutter kauert hinten auf der Bühne. Zwei Krankenschwestern treten ein. Sie tragen einen großen Korb voller Tücher. Eins davon nehmen sie auseinander und falten es.

Der JUNGE und die MUTTER *Immer leiser werdend:*

Dummer Michele, halt dich da raus,
das Wasser fließt, wie es will,

mach keinen Ärger, schweig still...

1. KRANKENSCHWESTER: Wo sollen die nassen Bettlaken hin?

2. KRANKENSCHWESTER: Wieso? Wir brauchen sie für die Zwangsjacke.

1. KRANKENSCHWESTER: Zwangsjacke? Was ist denn das?

2. KRANKENSCHWESTER: Du lebst wohl auf dem Mond. Sag bloß, die sind in der Klapsmühle von Messina nicht mehr in Gebrauch?

1. KRANKENSCHWESTER: Ojeh. Ist das etwa die Methode, wo man die Verrückten wie eine Salami umwickelt, wenn sie ihre Anfälle kriegen... bis ihnen die Luft ausgeht?

2. KRANKENSCHWESTER: Erraten. Durch das nasse Leintuch kann nämlich keine Luft durch, und Peng... mit der Methode kann man sie rasch und preiswert beruhigen...

1. KRANKENSCHWESTER: Sag lieber, sie werden ohnmächtig! Bei uns da oben ist das verboten...

2. KRANKENSCHWESTER: Bei uns auch. Man muß halt ein Auge zudrücken... *Von draußen ist der Schrei einer Frau zu hören.* Da scheint eine durchzudrehen. Komm, ich bring dir bei, wie man's macht.

Die zwei Krankenschwestern laufen von der Bühne. Sie nehmen den Korb mit den Tüchern mit.

MUTTER: Natürlich kam dein Vater wieder aus dem Knast raus. Aber er wollte nicht aufgeben, der Starrkopf... Anschließend hockte er tagelang über den Karten im Katasteramt. Bis er eines abends zuhause ankam und freudestrahlend rief: „Ich hab's! Seht euch das an... eine uralte Flurkarte hab ich entdeckt, die stammt vermutlich noch aus der Araberzeit, also lange vor der Franzosenherrschaft. Schaut her, hier ist eine Quelle eingezeichnet... da, auf der höchsten Erhebung in der Ebene, wo die Mure, der Erdrutsch runtergegangen ist, unter dem ‚Langen Feld'. Ist womöglich eine starke Wasserader... vielleicht existiert sie noch. Man muß sie nur freischaufeln, die Öffnung freiräumen. *Anderer Tonfall* Halt dich da raus, Michele... du machst dir was vor! Es wird seine Gründe haben, daß kein Mensch diese

Quelle kennt ... Michele, misch dich nicht ein. *Anderer Tonfall* Zwei Tage später, es war ein Sonntag, da kamen die Bauern an mit ihren Hacken und Schaufeln, auch die vom Bergwerk, alte und junge, und die Frauen trugen auf dem Kopf in ihren Körben das Erdreich weg. Zwei ganz Alte machten sogar Musik, spielten Schifferklavier und Gitarre, so daß unsereins arbeitete, als ob's zum Tanz ginge...

MUTTER und JUNGE *Sie singen:*
Wenn ich Himbeeren pflücken gehe
will ich rote Lippen küssen...

MUTTER: Es war noch nicht Mittagszeit, als ein Schrei ertönte: Da! Da ist sie! Man sah die Öffnung, sie war nach alter Art abgedeckt, mit unbehauenen Steinen... Das hättest du sehen sollen, wie sie sich allesamt draufstürzten und zu buddeln anfingen. Sie wechselten sich ab, denn das Loch war eng, und es konnte immer nur einer drin stehen.
Los, mach schon!
Die Steine wurden von Hand zu Hand weitergereicht, und sie sangen dabei.

JUNGE *Er singt aus voller Kehle:*
Wenn ich Himbeeren pflücken geh
will ich rote Küsse stehlen
Los mach schon, küss mich, geh weg...

MUTTER: Wasser! Da kommt Wasser... es fließt... *Anderer Tonfall* Wie es heraussprudelte, mein Püppchen... das hättest du sehen sollen... wie dreißig Quellen auf einmal. Die Männer und Frauen kreischten und stellten sich unter den Strahl, sie duschten, sprangen triefend umher und lachten: Wasser! Hah, Wasser ist etwas Herrliches!

JUNGE: Wenn ich Himbeeren pflücken geh
will ich rote Lippen küssen!

MUTTER: Wir waren betrunken vor lauter Wasser! *Sie ruft laut* Wir verzichten auf den Staudamm! Sollen sie ihn doch behalten. Wir haben die Quelle, die reicht aus für das Tal. Reicht uns für alle Plantagen und Felder. Unser Weizen wird nicht mehr verdorren... und keiner braucht mehr ins Bergwerk zu gehen! Wegen uns können sie diese Mausefalle heute noch zumachen! Hah!

Einen Moment lang ist im Hintergrund das Himbeerlied zu hören. Es klingt schwermütig.
Aber am Tag drauf sah man die Frauen draußen auf der Straße weinen. „Das Wasser sprudelt nicht mehr... die Quelle ist schon versiegt." Die Bauern sind gleich hingelaufen, um nachzuschauen. „Nein, da hat jemand die Öffnung verstopft." Sie gruben und dann zogen sie etwas raus, was die Quelle verstopfte... Michele war es, dein Vater. Sie hatten ihn umgebracht und dann reingestopft, wie einen Korken. *Verzweifelt* Oh Michele, Michele, sei auf der Hut. Dich zwingt doch niemand. Schau mal, die Bauern haben sich damit abgefunden, seit Ewigkeiten. *Schreiend* Gerechtigkeit! Man wird sie verurteilen! Bei Gott, es gibt eine Gerechtigkeit! Die ihn ermordet hatten, wurden geschnappt... in Handschellen gelegt... vor Gericht gestellt... sogar zweimal! Und zweimal hat man sie alle wieder laufen lassen! Aber diejenigen, die Bescheid wußten, die als Zeugen ausgesagt haben, auch die hat man tot aufgefunden, mit abgeschnittenen Zungen... *Anderer Tonfall* Geduld, Michele. Du mußt dich damit abfinden, Michele... wir müssen uns gedulden... Geduld. Solange, bis eines Tages der Vulkan ausbricht und die Lava herunterrollt, die rotglühende Lava... *voller Zorn* Die alles in Brand steckt: Die Großgrundbesitzer samt denen, die sie verteidigen und protegieren... alles soll brennen, muß verbannt werden... Ich sehe die Lava, wie sie herunterrollt, rotglühend. Sie verbrennt euch... ihr flieht... ihr könnt nicht fliehen... ihr Schweine... ihr schreit nach der Ordnung, die euch beschützt, ruft nach den Richtern, die euch verteidigen... ihr Schweine, verbrennen sollt ihr! Michele, wir haben gewonnen, Michele... Michele...
Die beiden Krankenschwestern kommen angelaufen, falten das Leintuch auseinander und bedecken die Mutter damit.
2. KRANKENSCHWESTER: Mach schon, da ist schon wieder eine... los, drüberwerfen! Und jetzt drehst du... drehen und fertig. Sie sitzt in der Falle.
MUTTER *Sie schreit weiter und schlägt mit den Armen um sich. Ihre Stimme wird langsamer, leiser und schwächer, bis sie ganz verstummt:* Es gibt keine Hoffnung

mehr, Michele... damit mußt du dich abfinden... das Wasser... Wasser... es ist ein Springbrunnen... diese Schweine... verbrennen sollt ihr...

2. KRANKENSCHWESTER: So, das wär geschafft.

1. KRANKENSCHWESTER: Paß auf, daß sie nicht ganz erstickt...

Die Frau gibt langsam nach, sie fügt sich, dann schlägt sie auf den Boden auf.

2. KRANKENSCHWESTER: Fertig.

Sie ziehen das Leintuch auseinander und lassen die Frau hilflos liegen. Dann nehmen sie es und halten es hoch, um es wieder zusammenzufalten. Es wird für einen Augenblick zum Bühnenvorhang. Die Mutter geht ab, ohne vom Publikum gesehen zu werden.

JUNGE *mit seiner Gitarre:*

Dummer Michele, halt dich da raus,
das Wasser fließt, wie es will...

10. Szene
Ich, Ulrike, schreie*

Vorname: Ulrike. Nachname: Meinhof. Geschlecht: weiblich. Alter 41 Jahre. Ja, verheiratet. Ja, ich lebe getrennt. Zwei Kinder, Kaiserschnittgeburt.
Beruf: Journalistin. Staatsangehörigkeit: Deutsch. Seit vier Jahren hier eingesperrt; in einem modernen Gefängnis eines modernen Staates. Verbrechen? Angriff auf das Privateigentum und auf die Gesetze, die besagtes Eigentum verteidigen, sowie das darauf fußende Recht der Eigentümer, ihr Eigentum maßlos zu vergrößern. Sie wollen Alles besitzen. Alles, einschließlich unserer Gehirne, Gedanken, unserer Worte, unserer Gefühle, unserer Arbeit, unserer Liebe. Kurz, unser gesamtes Leben.
Deshalb habt ihr beschlossen, mich zu vernichten, ihr Herren des Rechtsstaates. Euer Gesetz ist wirklich für alle gleich; nur nicht für jene, die eure heiligen Gesetze ablehnen. Ihr habt die Emanzipation der Frau ohne Einschränkung verwirklicht, denn mich als Frau bestraft ihr genauso wie einen Mann.
Ich danke euch. Ihr gewährt mir die härtesten Haftbedingungen in diesem Gefängnis, das klinisch sauber ist und eisig wie ein Leichenschauhaus. Ihr unterwerft mich der gemeinsten Folter: der „sensorischen Deprivation". Das ist die elegante Umschreibung dafür, daß ihr mich in dieser schweigenden Gruft beerdigt habt. Die Stille ist weiß. Weiß ist die Zelle, weiß sind die Wände, weiß schimmern Tür, Tisch, Stuhl und Bett, ganz zu schweigen vom Klosett. Die Neonbeleuchtung ist weiß und brennt Tag und Nacht.
Wann ist es Tag, und wann Nacht? Woher soll ich das wissen. Durch das Fenster dringt das immergleiche, natürliche Licht. Ein falsches Licht, genauso trügerisch

* Anm. d. Ü.: Veränderte Textfassung, nach einer Aufführung der Szene in Mestre, Frühjahr 1982

wie das Fenster und meine Zeit, die ihr mir ausradiert habt, weil ihr sie weiß angestrichen habt.
Die Stille ist weiß. Vom Flur dringt kein Wort zu mir, kein Geräusch, kein Türenschlagen... Nichts! Nur Stille. Stille und weiß. Stille in meinem Gehirn, weiß wie die Zimmerdecke. Weiß ist meine Stimme, wenn ich versuche zu sprechen.
Weiß ist der Speichel, der in meinen Mundwinkeln zusammenläuft. Stille und Leere in meinen Augen, in meinem Magen, in meinem Bauch, der sich vor Leere aufbläht.
Ständiger Brechreiz. Das Gefühl, mein Gehirn reißt sich in Zeitlupe aus dem Schädel und treibt durch den Raum. Mein Körper aufgelöst wie Waschpulver in dieser riesigen Waschmaschine Stammheim: Ich sammle ihn auf... setze ihn zusammen... gewinne Form... Nein! Ich muß widerstehen, muß Widerstand leisten... denken. Ich muß denken. Darf nicht verrückt werden. Ja, ich denke. Ich denke an euch, wie ihr euch die Nasen plattdrückt an der Scheibe des Aquariums, in das ihr mich geworfen habt. Neugierig seht ihr zu. Ein Experiment. Ich bin euer Versuchskaninchen. Ihr fürchtet euch... Ihr fürchtet, ich könnte Widerstand leisten... fürchtet euch vor mir und davor, daß eines Tages Leute wie meinesgleichen und auch die Arbeiter, eure Roboter, die euch ergeben sind, aufstehen und versuchen werden, eure schöne Welt einzureißen, die ihr euch zum Vorteil erfunden habt.
Es ist absurd. Mir nehmt ihr jede Farbe, aber eure graue, morsche Welt da draußen habt ihr mit grellen Farben angestrichen, damit niemand es merkt. Ihr zwingt die Menschen, nur Farbiges zu konsumieren: Gefärbtes müssen sie essen, Gefärbtes trinken, egal, ob Farbstoff giftig ist. Auch eure Frauen malt ihr an, wie verrückte Jahrmarktsfiguren, auf den Straßen herrscht ein Rummel, ein Krach, ein Getöse, und überall Musikberieselung, in den großen Warenhäusern, in der Straßenbahn, im Café, im Auto, im Bett, wenn ihr mit euren Frauen schlaft.
Mir jedoch zwingt ihr die Stille auf, bis mein Gehirn zerspringt und in lauter Konfetti zerplatzt; das Konfetti

für euren Jahrmarkt, euren Lunapark der Angst... Denn nur die Angst macht Euch so roh und grausam, ihr Folterknechte. Ihr habt mich in dies Aquarium gesteckt, weil ich eure Art zu leben nicht akzeptiere, weil ich nicht sein will wie eure Frauen, in Klarsichthülle verpackt. Weil ich mich nicht damit abfinde, ein schweigendes, dummes, kniendes, frustriertes, ausgebeutetes, mütterliches, weibliches Wesen zu sein, und gleichzeitig eine Nutte.

Ein leises Knarren: Die Wärterin mit dem Essen erscheint. Sie schaut mich an, als ob ich nicht da wäre, als sei ich durchsichtig. Sie spricht nicht mit mir, sie hat Anweisung, nicht zu sprechen. Stellt das Tablett ab und geht. Hamburger, Saft, Gemüse, ein Apfel. Ein Teller aus Pappe, ein Becher aus Pappe, weder Messer noch Gabel, ein biegsamer Löffel aus Plastik, wie Gummi. Sie sorgen sogar dafür, daß mir nicht der Gedanke kommt, mich umzubringen. Das wollen sie selber erledigen, in einem günstigen Augenblick. Sie werden saubere und ordentliche Arbeit leisten. Genauso sauber wie diese Sozialdemokratie, die sich darauf vorbereitet, mich umzubringen – in der Stille.

Niemand wird mein Schreien hören, niemand mein Jammern, niemand darf den Schlaf der Gerechten stören. Schlaft nur, ihr satten Bürger, ihr rechtschaffenen Leute in meinem Deutschland, all ihr gutgläubigen Menschen in Europa – schlaft ruhig, wie die Toten! Mein Geschrei wird euch nicht wecken, weil man Bewohner eines Friedhofs nicht wecken kann.

Die einzigen, bei denen Zorn und Wut wachsen werden, sind die da unten, die im Maschinenraum eures großen Schiffes, allen voran die türkischen, arabischen, spanischen, italienischen und griechischen Arbeitsemigranten und die Frauen, alle die Frauen, die begriffen haben, daß sie als minderwertige Wesen behandelt werden. Sie alle werden verstehen, warum ich hier bin, warum dieser Staat mich vernichten will, wie eine Hexe zur Zeit der Hexenverfolgung – denn die Macht wird immer bestimmte Menschen zu Hexen erklären. Die Hexen müssen stillehalten, zuhause und in den Fabriken, am Webstuhl und am Fließband, umgeben von Krach, von oh-

renbetäubendem Lärm! Ah, welchen Lärm die Maschinen machen, die ihr für euren Profit erfunden habt! *Sie beschreibt schreiend mit Händen und Stimmlauten verschiedene Arbeitsverrichtungen am Fließband, während ihre Stimmer immer lauter und schneller wird.* Aufhören! Ruhe! Stellt die Maschinen ab!
Wie schön ist die Stille, ihr Gefängniswärter, ihr Richter, ihr Politiker. Ich habe euch getäuscht. Es wird euch nicht gelingen, mich verrückt zu machen. Gesund müßt ihr mich umbringen, bei klarem Verstand, und leblos müßt ihr mich umbringen. Ich sehe euch schon rennen und meinen Leichnam verstecken, sehe schon, wie ihr meine Anwälte vor der Tür stehen laßt: Nein, die Meinhof darf niemand sehen. Nein, sie hat sich erhängt. Es ist unmöglich, an der Obduktion teilzunehmen. Nur für staatlich bestellte Sachverständige. Sie hat sich erhängt. Aber es gibt am Hals keine Strangulationsmerkmale, im Gesicht keine Leichenflecke. Statt dessen am ganzen Leib Blutergüsse. Platz da, weitergehen, Ruhe, Platz da, weitergehen, nicht sprechen. Fotografieren verboten, Verbot, meinen Leichnam zu sehen, Gegengutachten verboten. Es ist verboten, zu denken, zu vermuten, zu schreiben. Verboten! Alles verboten!
Aber eines könnt ihr uns nicht verbieten: Über soviel Dummheit, über die klassische Dummheit der Mörder zu lachen. Mein toter Leib ist schwer, erdrückend schwer, wie ein Gebirge. Und viele hunderttausende Frauen und Männer werden mit ihren Armen dieses gewaltige Gebirge aufheben und auf euch stürzen, mit einem furchtbaren Lachen.

11. Szene:
Es geschah morgen

Viermal haben sie mich ins Herz gestochen, mit Messern. Sie wollten es zerstückeln. Beim ersten Stich konnte ich keinen Schrei ausstoßen, es kam nur eine Art Geröchel. Sie haben mir irgendetwas ins Gesicht geschüttet, das mich betäubt hat, vielleicht Äther. Aber ich habe sie sehen können. Sie waren zu dritt und in Uniform. Einer hat mich von hinten an den Haaren gepackt. Er hat mir den rechten Arm auf den Rücken gedreht und mich so auf den Stuhl gezwungen. Der andere hat meinen linken Arm festgehalten, mir das Knie auf den Unterkörper gesetzt und mich dadurch gezwungen die Beine zu spreizen, wie bei einer Abtreibung. Der mich an den Haaren festhielt, hat mit aller Kraft gezerrt, um meinen Kopf nach hinten zu biegen. Ich habe die Messerklinge gesehen. Ein trockener Stich in den Oberkörper, in Höhe der linken Brust, dann ein Ruck von links nach rechts, und die Klinge ist draußen. Sofort fließt mir Blut über Magen und Bauch. Wieder ein Stich. Dumpfer Schmerz, stärker als beim erstenmal. Diesmal schreie ich. Sie reißen die Klinge heraus und ich spüre, daß die Rippen unterhalb der Brust zertrennt werden. Etwas später ein neuer Blutstoß. Wieder fließt Blut nach unten über den Bauch, bis meine Schenkel feucht werden. Plötzlicher Brechreiz: Irgendetwas kommt aus meinem Mund, vielleicht Blut, vielleicht auch Wasser. Von den zwei weiteren Stichen habe ich nichts gemerkt. Ich verlor einen Moment das Bewußtsein.
„Ich glaube, das reicht!" – Eine nüchterne Stimme hat mich geweckt. „Laßt sie los!" Ich bin den Stuhl entlang gerutscht und habe gespürt, wie ich flach auf dem Fußboden aufschlug. Mein Gesicht klebte an den Fliesen. Jeder Herzschlag pumpte neues Blut, es floß ununterbrochen aus mir heraus. Mein linker Arm liegt

immer noch angewinkelt unter der Brust. Ich fühle, daß er langsam feucht wird, weil das Blut sich auf den Fliesen ausbreitet. Ich bin wie gelähmt. Es ist das Zeug, das sie mir ins Gesicht geschüttet haben, um mich einzuschläfern ... Oder ich bin nicht mehr da. Es ist vorbei, sage ich mir, es ist vorbei! Noch ein paar Augenblicke und es ist aus. Meine Augen sind weit geöffnet, aber ich kann nichts sehen. Ich sehe nur, wie eine Ritze zwischen den Fliesen sich mit Blut füllt. Mit dem einen Auge sehe ich, das andere klebt am Fußboden, im Dunkeln. Ich weiß, daß sie mich jetzt durch den Türspion beobachten. Ich bewege mich nicht, ganz instinktiv. Vorsichtig versuche ich die Finger der linken Hand zu bewegen, die unter meiner Brust liegt, in Höhe des Brustbeins. Ja, ich kann die Finger bewegen. Ich mache die Faust auf und fühle, daß meine Finger voll Blut sind, das zwischen den Rippen herausströmt. Ich taste die aufgerissenen Wundränder ab. Eine Verletzung, ein Schnitt. Ich muß ihn fortwährend berühren. Das ist die Stelle, wo das Blut am stärksten fließt. Ich presse Zeige- und Mittelfinger drauf. Das Bluten läßt nach, aber es strömt weiter aus den anderen Wunden, etwas weiter oben, an der Brust. Immer noch ist der Türspion geöffnet; vom Korridor dringen schwache Geräusche zu mir. Eilige Schritte, das Geräusch von schnappenden Türschlössern, Türenschlagen.
Rufe, Schreie, Fluchen, Schüsse! „Sie bringen uns alle um!“ In der nächsten Zelle ist die Ensslin. Ich höre sie schreien, verzweifelt. Eine Stimme sagt: „Schling das Kabel zweimal rum! Zweimal! Jetzt zuziehen! Zieht zu zweit. Kommt, wir hängen sie auf ... Steck das Kabel da unten durch.“ – „Wo unten? Es hält nicht.“ Der die Befehle gibt, schimpft: „Weshalb haben die die Zellen leergeräumt. Wenn wir wenigstens Werkzeug hätten ... Bring mal die Kiste da; wir schlagen einen schönen Haken ein. Ja, die da. Da schlag ihn ein, hier hast du den Hammer.“
Man hört dumpfe Schläge. Dann noch einmal Befehle: „Haltet sie an den Beinen fest. Los, hebt sie hoch. Zieh das Kabel durch den Haken. Macht schon, jetzt festbinden, fester. Geschafft. Loslassen. Los, raus jetzt ... Wir

müssen zum Nächsten." – „Schnell, bind ihr noch die Hände los. Aber beeil dich. Raus hier, raus!"
Wieder Schritte, wieder Schlüsselrasseln, Schlösser klikken, Rufe hallen. Bellende Befehle, dann ein Schuß. Trocken. Wie ein Peitschenknall. Eine Tür schlägt ins Schloß. Endlich sagt eine Stimme vor meiner Zelle: „Vier Uhr. Wir können Alarm geben." – „Halt, nicht!" sagt eine andere Stimme. „Wir warten noch 10 Minuten ab. Räumt erst mal auf. Sammelt alles ein ... Überprüft alles gut, ehe der Haftrichter und der Gefängnisarzt hier sind. Nichts liegenlassen." – „Mach mal die Tür auf, ich will mal nach der Moeller schauen, man weiß nie."
Meine Zellentür wird wieder geöffnet ... Die Geräusche und Stimmen klingen gedämpft, wie wattiert, und mit starkem Hall. Irgendjemand sagt auf der Türschwelle: „Herrjeh, hat die viel Blut verloren. Eine richtige Überschwemmung."
„Nein, du bleib draußen. Oder willst du Fußabdrücke hinterlassen? Wenn du in die Pfütze trittst, hinterläßt du garantiert Spuren."
„Ist sowieso sinnlos nachzusehen. Du siehst ja, die ist längst verblutet."
Sie schließen die Tür, man hört Schritte. Sie öffnen wieder die Tür nebenan, die von der Ensslin. „Ist sie tot?" – „Scheint so. Was ist das für Zeug? Da liegt was auf dem Fußboden." Ein Moment Schweigen, dann ein lauter Befehl: „Zuschließen! Alles zuschließen, und raus hier. Wir müssen Alarm geben!"
Ein Durcheinander von Schritten, jemand rennt; dann wieder Schweigen, einige Minuten lang. Jetzt ist niemand mehr im Gang. Ich versuche die Hand zu bewegen, nein, es geht nicht mehr. Ich spüre von den Beinen her langsam ein Kribbeln in meinem Körper aufsteigen. Um mich herum ist es eiskalt, ich habe das Gefühl, in einem Kühlraum zu liegen. Tief hinten in meinem Schädel wächst ein schrecklicher Schmerz. Ich glaube, in meinen Nacken ist ein Eisen gerammt. Ich atme nicht ... Ich röchele.
Das Blut fließt immer stärker. Im Gang wird Alarm gegeben: Zehn, zwanzig Klingeln, die einen höllischen

Lärm machen. Man hört eilige Schritte, die Wärter kommen. Sie kennen ihren Weg. Sie öffnen die vier Zellen. Bleiben kurz stehen, sagen nichts. Ein paar Minuten verstreichen, dann kommen andere. Dann Krankenbahren. Zwei Männer betreten meine Zelle. Ich höre alles wie aus großer Entfernung. Sie heben mich auf, ich merke, daß ich schaukele. Sie nehmen mein Handgelenk.
„Nein, nichts zu spüren. Die hat einen Stich direkt ins Herz."
„Ja, die ist auch tot."
Ein Pfarrer kommt. „Wo bringt ihr sie hin?" – „Ins Leichenschauhaus, alle vier ins Leichenschauhaus."
Ich komme an den Zellen der Genossen vorbei, die sie verschont haben. Sie sind verschlossen. Die Türen sind schalldicht isoliert. Ich glaube nicht, daß sie etwas gemerkt haben. Selbst wenn sie etwas gemerkt hätten: Wenn sie jetzt schreien oder gegen die Türen hämmern würden: Niemand würde sie hören. Es bleibt totenstill.
Ich sterbe. Ich höre die Stimme eines Trägers, der sagt: „Das Blut tropft überall hin. Wartet einen Moment. Wir machen Tampons drum." Ich spüre, wie sie an meinen Wunden herumhantieren. Dan heben sie mich wieder hoch und das Gestell schlittert in die Autoambulanz. Ich werde bewußtlos.
Ich erwache mit einem brennenden Schmerz am Arm. Jemand hat mir eine Nadel ins Handgelenk gesteckt und preßt einen Behälter mit Blutplasma in die Vene, damit es schneller geht. Eine Krankenschwester, oder ein junger Arzt. Wie ich die Augen aufschlage, sagt er: „Man hat dich für tot gehalten. Sie wollten dich schon ins Leichenschauhaus transportieren. Du hast soviel Blut verloren, daß dein Pulsschlag nicht mehr zu fühlen war. Das ist schon die zweite Plasmaflasche, die ich in dich reinpumpe. Wenn ich nicht aufgepaßt hätte, wärst du auf den Steinen verblutet und krepiert."
Ich versuche ein Dankeslächeln, aber es gelingt mir nicht. Ich blicke um mich. Keine Männer in Uniform. Ich seufze. Jedenfalls versuche ich es, dann gebe ich auf. Auf meiner Brust scheint ein schwerer Stein zu liegen. Sie haben wirklich gedacht, ich sei tot. Der jun-

ge Arzt hat keine Ahnung, was er der Polizei mit seinem Rettungsversuch eingebrockt hat.
Es gelingt mir zu lächeln. Dann erstarre ich: „Wenn es ihnen nun doch noch gelingen sollte, mich auszuschalten, bevor ich reden kann! Vielleicht kann ich nie wieder sprechen. Oder vielleicht doch. Oh Mann, wenn du wüßtest, was du da angerichtet hast!“